公家さま隠密 冷泉《れいぜい》為《ため》長《なが》

まろが斬る!

倉阪鬼一郎

コスミック・時代文庫

この作品はコスミック文庫のために書下ろされました。

目次

第一章　烏帽子《えぼし》の男

一

北町奉行所の廊下に異なものが見えた。

烏帽子だ。

白い狩衣《かりぎぬ》に銀色の烏帽子。さわやかないでたちの男が歩いている。

「今日はいい日和《ひより》だな」

奉行所の庭をちらりと見て、隠密廻り同心の春田猪之助《はるたいのすけ》が言った。

さまざまななりわいに身をやつし、江戸の市中に潜行して悪を探る役目だが、今日は定紋《じょうもん》付きの正装だ。

「野稽古《のげいこ》でもしたいところでありゃあすな」

烏帽子をかぶった男が答えた。

その名は、冷泉為長《れいぜいためなが》。

京の名家、冷泉家の血を引く公家《くげ》の血筋だが、紆余曲折《うよきょくせつ》あっていまは江戸ぐらし、隠密廻り同心の屋敷の店子《たなこ》となっている。隠密廻りの手下《てか》に当たるから、公家さま隠密だ。

「なら、お奉行へのあいさつが終わったら、道場で汗を流すことにしよう」

春田猪之助が言った。

「望むところでありゃあすよ」

公家隠密が答えた。

今日は上役の与力とともに北町奉行に謁見《えっけん》する。京から流れてきた公家の末裔《まつえい》にとってみればいささか気ぶっせいなつとめだが致し方ない。

かねて打ち合わせたとおり、上役の小園大八郎《こぞのだいはちろう》与力とともに書院で奉行を待った。背筋の伸びた、よろずに頼りになる与力だ。

「このところは平穏だな」

小園与力が公家隠密に言った。

「何よりでありゃあすよ。ま、そのうちまた暗雲が垂れこめましょうが」

冷泉為長が答えた。

「縁起でもないことを言うな」

小園与力は苦笑いを浮かべた。

「世に悪の種は尽きぬからな」

春田同心が言った。

「悪が芽吹けば、摘《つ》み取るばかりでありゃあすよ」

公家隠密が身ぶりをまじえた。

ここで人の気配がした。

北町奉行が姿を現したのだ。

二

「ご老中より、『励め』と」

奉行が言った。

寝不足なのか、顔色はいささか芳《かんば》しくない。

「はっ」

まず小園与力が答えた。

「公家も頼むぞ」

奉行が言った。

「懸命に励む所存でおりゃる」

冷泉為長は芝居がかったしぐさで一礼した。

「うむ」

奉行がうなずく。

「民の暮らしを護《まも》るべく、つとめてくれ」

北町奉行は一同を見渡して言った。

「ははっ」

春田同心を含む三人が頭を下げた。

「では、また来月」

奉行はそう言うと、すっと腰を上げた。

段取りに手間がかかったが、北町奉行が姿を現したのはわずかな時だった。

「これで終わりでありゃあすか」

奉行の気配が遠ざかってから、公家隠密がやや拍子抜けしたように言った。

「剣術なら、軽い型稽古のようなものだからな」

春田猪之助がそう言って立ち上がった。

「公家の有職故実《ゆうそくこじつ》も辛気臭《しんきくさ》い型ばかりでありゃあすが」

公家隠密も続く。

「これもつとめのうちちゆえ」

小園与力が渋い笑みを浮かべた。

そんな調子で、奉行所でのつとめはあっけなく終わった。

悪党の跳梁《ちょうりょう》があればさらに役目が続くところだが、いまのところは平穏だ。

「ならば、ちと汗をかいて帰るか」

春田猪之助が竹刀《しない》を振るしぐさをした。

「望むところでおりゃるよ」

冷泉為長が白い歯を見せた。

三

「てやっ」

春田猪之助の気合の入った声が響いた。

南茅場町《みなみかやばちょう》の東西館《とうざいかん》だ。

「とりゃっ」

冷泉為長が受けた。

稽古のときは烏帽子を脱ぐ。公家風に結った冠下《かんむりした》の豊かな髷《まげ》がわずかに揺れた。

道場主の志水玄斎《しみずげんさい》が見守るなか、二人の気の入った稽古はさらに続いた。

東西館は柳生新陰流《やぎゅうしんかげりゅう》の道場だ。この流派では、牛の皮をかぶせたひき肌《はだ》竹刀を用いる。相手に怪我を負わせぬようにという配慮だ。

京生まれの冷泉為長はこの流派を学んだわけではないが、郷に入っては郷に従えとばかりに道場ではひき肌竹刀を用いていた。

ぱしーん、といい音が響く。

公家隠密が打ちこみ、春田同心が受けたのだ。

しばらくもみ合い、体《たい》が離れる。

「思ひわび」

冷泉為長が唐突に口走った。

すぐさま上段に構える。

「さても命はあるものを」

小倉《おぐら》百人一首の道因法師《どういんほうし》の歌だ。

「来い」

春田猪之助が気合の入った声を発した。

公家隠密が打ちこむ。

蹴鞠《けまり》の名手で、宙返りなどの軽業《かるわざ》もお手の物だ。それに加えて、すらりとした長身だが見かけよりはるかに膂力《りょりょく》がある。穴のない剣士だ。

「てやっ」

春田同心が正しく受けた。

押し返す。

再び体が離れた。

「憂《う》きに堪《た》へぬは」

さらに歌を続ける。

特定の流派を学んだことがない公家隠密の剣法は、あえて言えば言霊流《ことだまりゅう》だ。

小倉百人一首の歌を唱《とな》えることによって、身の内に言霊を招喚《しょうかん》する。それによって、力が深いところから湧き上がってくる。

その力を、剣に宿す。

余人には使えない、公家隠密ならではの技だ。

「涙なりけり」

歌を締めくくると、冷泉為長は鋭く踏みこんだ。

「とりゃっ」

ひき肌竹刀がぐいと伸びる。

「うっ」

春田猪之助がうめいた。

あわてて受けようとしたが、間に合わなかった。

公家隠密の竹刀は、春田同心の額を打った。

「それまで」

道場主が右手を挙げた。

白熱の稽古が終わった。

四

「いててて」

春田猪之助が額に手をやった。

水につけて絞った手拭《てぬぐ》いを押し当てている。

「すまぬことでありゃあすな」

冷泉為長がわびた。

道場の近くの煮売り屋だ。構えはさえないが、存外に侮《あなど》れない酒肴《しゆこう》を出す。稽古で汗を流したあと、ここでちくと一杯呑むのが習いとなっていた。

「なに、おれの不覚だから、気にするな」

春田猪之助が言った。

「為長さまの剣はぐいと伸びてきますからな」

師範代が言った。

敷島大三郎《しきしまだいざぶろう》だ。

受けに強い剣士で、道場主と門人たちの信頼が厚い。

「ひき肌竹刀が急に長くなったような打ちこみだからな。守るのが大変だ」

手拭いを押し当てたまま、春田猪之助が言った。

「言霊を剣にこめれば、おのずと伸びるのでおりゃるよ」

公家隠密はそう言って、煮蛸《にだこ》を口に運んだ。

「おれがいくら気合を入れても伸びぬがな」

春田同心は苦笑いを浮かべた。

「それがしも、さような技は使えぬので」

師範代は蛸とはべつのものに箸《はし》を伸ばした。

じゃがたら芋《いも》だ。

煮売り屋のあるじは畑も耕していて、珍しい物もつくっている。じゃがたら芋は煮込むと美味だ。

「剣ばかりでなく、蹴鞠に双六《すごろく》に囲碁《いご》に……」

師範代が指を折る。

「横笛に三味線《しゃみせん》に、あれば琴《こと》も弾けやすが」

公家隠密がにやりと笑った。

「うちのせがれたちの教え役だけあって、学も百人力だ」

春田同心が頼もしそうに言った。

「そうそう、江戸で人気の役者でもありましたな」

と、師範代。

「ありゃあまあ、成り行きでありゃあすが」

冷泉為長はそう言うと、じゃがたら芋に箸を伸ばした。

さくっと噛《か》み、笑みを浮かべる。

「まあともかく、公家だが頼もしい用心棒だ」

春田猪之助が白い歯を見せた。

「まろは江戸の用心棒でありゃあすよ」

公家隠密も笑みを返した。

五

「おっ、やってるな」

屋敷の裏庭のほうから、わらべの声が聞こえてきた。

春田同心の二人の子、左近《さこん》と右近《うこん》がひき肌竹刀を手に稽古をしていた。

左近は七つ、右近は五つ。いたって仲のいい兄弟だ。

「しっかり腰を入れて」

女の声も響いた。

春田猪之助の妻の多美《たみ》だ。

「はいっ」

わらべが素直に答える。

ほどなく春田同心と公家隠密が姿を現すと、二人のわらべの顔に喜色が浮かんだ。

「あっ、父上」

「まろ」

左近と右近が稽古をやめて駆け寄った。

春田家のわらべたちは公家隠密のことをまろと呼ぶ。

「稽古はもう終わりか」

猪之助が訊《き》いた。

「はい、気張りました」

兄が答えた。

弟もこくりとうなずく。

「まだ始めて間もなかったでしょう?」

多美が不満げに言った。

「ならば、まろが相手を。打ってくりゃれ」

公家隠密が手で構えを取った。

「おう、存分に打て」

父が息子たちに言った。

「はいっ」

左近が小さなひき肌竹刀を構え直した。

右近も続く。

「よし、来い」

公家隠密が言った。

「えいっ」

「とりゃっ」

わらべなりに、踏みこんで竹刀を振るう。

冷泉為長は軽々とかわすと、さっとうしろへとんぼを切った。

軽業師もかくやという鮮やかな身のこなしだ。

「わあ」

「すごい」

わらべたちが目を瞠《みは》った。

「感心していないで、稽古だ」

猪之助がうながした。

「はいっ」

「よし」

左近と右近は稽古を再開した。

「腰を入れてしっかり」

多美が声援を送る。

「もそっとまっすぐ振り下ろしてくりゃれ。こうだ」

公家隠密は身ぶりをまじえた。

「えいっ」

左近が打ちこむ。

「やあっ」

右近も続いた。

ここで庭に人影が現れた。

「やってますな」

総髪の男が笑みを浮かべた。

絵師の橋場《はしば》仁二《じんじ》郎《ろう》だ。

名の通った流派の絵描きではないが腕はなかなかのもので、似面《にづら》の名手でもある。大家の春田同心に力を貸し、真に迫った咎人《とがにん》の似面を描いて捕縛に導いたことも一再ならずある。

「ならば、さっそく」

橋場仁二郎が帳面を開いた。

細い筆をつかみ、さらさらと指を動かす。

それをちらりと横目で見た公家隠密が、やにわにうしろへ宙返りした。

「わあ」

「すごい」

左近と右近がはしゃぐ。

いとも軽々と地面に降り立った公家隠密は、手で型をつくって白い歯を見せた。

六

いくらか経った。

公家隠密の姿は、べつの店子のところにあった。

「うーむ」

榎本孝斎《えのもとこうさい》が眉間《みけん》にしわを寄せ、顎髭《あごひげ》をひねった。

見かけはひとかどの医者だが、とんだ藪《やぶ》で、店子に医者がいれば好都合だという春田猪之助の目論見《もくろみ》はあいにく外れたかたちになった。

まあそれでも、医者と名がつく者から煎《せん》じ薬をもらったら、ありがたがって治ってしまう患者もなかにはいる。腹をこわす者のほうがよほど多いが、どうにか医者の看板は下ろさずに済んでいた。

「四子《よんし》でも荷が重そうですな」

家主の春田同心が言った。

「隅をすべて置き石で取ってこれではなあ」

医者は嘆きながら黒石を置いた。

間髪《かんはつ》を容《い》れず、上手《うわて》の公家隠密が白石を置く。

いい石音だ。

冷泉為長は目を瞠るほど万能だが、囲碁にかけても優れた打ち手だ。

思案してから着手するのではなく、手が打つべきところへ動く。

剣術もそうだ。

まず体が動く。腕が動く。

ゆえに、機を逃すことがない。

数手進んだ。

考斎の大石《たいせき》は早くも気息奄々《きそくえんえん》としてきた。

「風前の灯火《ともしび》ですな」

春田同心が笑みを浮かべた。

春田家の店子はあと二人いる。

講釈師の八十島大膳《やそしまだいぜん》と三味線弾きの新丈《しんじょう》だ。二人一組になって繁華な両国橋《りょうごくばし》の西詰で芸を披露《ひろう》している。ときには冷泉為長が横笛で加わることもあった。

「ええい、これでどうだ」

医者は半ばやけ気味に着手した。

「二眼《にがん》は難しそうでおりゃるよ」

公家隠密がすかさず急所に石を置いた。

さらに数手進んだ。

「患者は虫の息で」

春田同心がそう言って茶を啜《すす》った。

「うーん……」

医者はなお未練がましく腕組みをした。

「黒い影が……」

公家隠密はそこでふと言葉を切った。

黒々とした影が大石を覆《おお》っている。

そう指摘しようとした刹那《せつな》、脳裏をさっと何かがよぎった。

不吉な鳥影のようなものだ。


何かの勘ばたらきでありゃあすかのう……


公家隠密は少し眉根を寄せた。

悪い予感は的中した。

江戸で凶事が起きたのは、その晩のことだった。

第二章　闇の愛宕《あたご》権現《ごんげん》裏

一

提灯《ちょうちん》がゆっくりと揺れている。

愛宕《あたご》権現《ごんげん》裏の道は闇が深かった。

「ちいと呑みすぎてしもうたな」

上機嫌な声が響いた。

「酒も肴《さかな》もうまかったから、やむなしだ」

一緒に歩いていた男が答えた。

道場仲間だ。

神谷町《かみやちょう》の道場でひとしきり汗を流し、なじみの見世《みせ》で酒肴《しゅこう》を楽しんでから家路につくところだ。

「たまには良かろう」

やや甲高《かんだか》い声の持ち主は釜田利三郎《かまたりさぶろう》だった。

旗本の三男坊だ。

しばらく部屋住みだったが、養子の口が見つかり、縁談もまとまった。なかなかの良縁だというもっぱらの声だ。

「羽を伸ばせるのもいまのうちだからな」

もう一人の寺尾辰次郎《てらおたつじろう》が言った。

こちらも、ささやかながら御役がついた。ともに祝杯を挙げた帰りだ。

「そちらも気張らねばならぬからのう」

利三郎がそう言って、提灯をかざした。

向こうからも灯りが近づいてきた。

道は細い。

どちらかがよけねば、鉢合わせになってしまう。

「どけ」

闇の中から、野太い声が響いた。

「どけ、とは何だ。旗本の子弟と知っての暴言か」

釜田利三郎がむっとした口調で言った。

快男児だが、いささか気の短いところがある。おまけに酒が入っている。

「どかぬなら……斬《き》ってやれ」

さらに声が響いた。

「おう」

もう一人が抜刀する気配がした。

「利三郎」

寺尾辰次郎が切迫した声を発した。

ただならぬ気配を察し、友をいさめて逃げようとしたのだ。

だが……。

その判断は遅かった。

提灯が投げ捨てられた。

黒々とした闇が蠢《うごめ》きながら襲ってくる。

「ぐわっ」

釜田利三郎がのけぞった。

その手から灯りが落ちる。

敵は二人いた。
「死ね」
そう言いざま、刀を一閃《いっせん》させる。
血しぶきが舞った。
「利三郎！」
寺尾辰次郎は重ねて友の名を呼んだ。
しかし……。
答えはなかった。
辰次郎もまた、それきり言葉を発することはなかった。
敵の刀が肺腑《はいふ》をえぐったのだ。
祝い酒の帰りだった二人の若い武家は、愛宕権現裏で落命した。
地に落ちた提灯に火が移り、やがて燃え尽きた。

二

「鮮やかな斬り口だったようだ。まったくもって、ひでえことをしやがる」

春田猪之助が吐き捨てるように言った。

翌日の春田屋敷だ。前には烏帽子《えぼし》姿の男が座っている。

「愛宕権現裏でありゃあすか。続かねばよいが」

公家隠密の眉間《みけん》にしわが寄る。

「まあ、本来なら……」

春田同心は茶を啜《すす》ってから続けた。

「武家同士の争いは町方の縄張りではないのだが、われらには裏の顔があるからな」

「まろは、裏も表も公家隠密でありゃあすよ」

冷泉為長がさらりと言った。

「おぬしは天下無敵だからな」

春田猪之助が渋く笑った。

「われらは動く関所。幕閣のお墨付きも得ておりゃあすから」

公家隠密が言う。

幕閣の要《かなめ》とも言うべき老中に謁見《えっけん》したとき、じきじきにこう言われた。

昨今は世にさまざまな悪党が跳梁《ちょうりょう》している。なかには諸国を股にかけて暗躍する悪党もいる。旗本や御家人、あるいは神仏に仕える身でありながら悪事に荷担する者もいる。さらに言えば、人を統《す》べる身でありながら悪しき行《あ》いに手を染めている者もいると仄聞《そくぶん》した。由々《ゆゆ》しきことだが、世に悪の種は尽きぬ。隠密は表向きの正史には載らぬが、世のため人のため、わが幕府のために働いてくれ。悪の跳梁を食い止める関所はいくつあってもよいからな。

かくして、公家隠密は「動く関所」となったのだった。

「で、このたびの咎人《とがにん》探しだが」

春田同心が座り直した。

「武家同士の争いごとのようだが、それにしては剣筋が水際立っていたらしい。そういう悪しき遣《つか》い手は、箍《たが》が外れて二の矢三の矢を繰り出してくることもあるからな」

春田猪之助は湯呑みを置いた。

まだ酒には早い頃合いだ。

「近場の道場を見廻るか。悪しき気が漂っていれば、まろには分かるゆえ」

公家隠密が言った。

「おぬしは盤双六《ばんすごろく》の名手でもあるからな」

と、春田同心。

「ぐっと気を集めれば、次に何の目が出るか、脳裏に浮かぶのでありゃあすよ」

冷泉為長は烏帽子にちょっと手をやった。

「なら、道場を廻れば、悪しき気のやつが網にかかるやもしれぬ」

春田猪之助がいくらか身を乗り出した。

「心得た、でおりゃるよ」

公家隠密が両手を軽く打ち合わせた。

三

「なんだ、ありゃ」

とある道場でいぶかしげな声が響いた。

外を去っていく男の姿が見えた。

烏帽子をかぶっている。

道場の稽古を見たいと言って入ってきて座り、しばらく見ただけで腰を上げて去っていった。

稽古はどうかと勧めたのだが、

「不調法でおりゃる」

と、手を振って固辞《こじ》した。

何のために道場にやってきたのか分からない。

同じ男の姿は、べつの道場にも現れた。

ここでもさほど時を置かずに腰を上げた。

好奇のまなざしを受けながら、公家隠密は次の道場に向かった。

この道場の奥には名札が張り出されていた。

有段から初心者へと、順に名が並んでいる。道場主と師範代の名はひと回り大きい。

見学者をよそおって端座《たんざ》した公家隠密は、名札をひとわたり見た。

唇が動く。

名を読んでいるのだ。

きじま　じゅうべえ

冷泉為長はその名を低く唱《とな》えた。

その刹那《せつな》――。

身の中に、そこはかとない風が吹いた。

盤双六で絶好の目が出る前に感じるような風だ。

公家隠密は名札の文字をもう一度見た。

鬼島十兵衛

その字がかすかに蠢いているように見えた。

四

「これだ」

公家隠密の指が動いた。

春田屋敷だ。

畳の上にあるものが広げられている。

切絵図だ。

「先に見つけられてしもうた」

春田猪之助が苦笑いを浮かべた。

「屋敷に名まで書いてあったゆえ」

冷泉為長はその場所を指でとんとたたいた。

「町方の虎の巻のような切絵図だからな。住んでいる旗本御家人の名までできるかぎり記してある」

春田同心が言った。

「御役や石高《こくだか》まで記してある者もおりゃあすな」

公家隠密が腕組みをした。

「そういう人は広い屋敷に住んでるから、字をたくさん書きこめる」

春田猪之助が言った。

「なるほど。微禄《びろく》の者は苗字《みょうじ》だけで」

さらに切絵図を見ながら、公家隠密が言った。

「で、その男の名札を見て勘ばたらきがあったわけだな」

春田同心がそう言って、茶碗酒を少し啜った。

もう夜は更けている。

行灯《あんどん》の灯りが、江戸の詳細な切絵図をしみじみと照らしていた。

「そこはかとなき妖気が漂っていたのでおりゃるよ」

公家の血を引く男も腕組みを解き、酒の入った茶碗に手を伸ばした。

「おぬしが言うなら、間違いあるまい」

猪之助がうなずく。

「いや」

公家隠密は一つ座り直してから続けた。

「妖気を感じたとはいえ、このたびの二人組による凶行の咎人だと決まったわけではない。何か違う理由で妖気が漂っていたのかもしれぬ」

骸《むくろ》を改めたところ、二人の遣い手のしわざだと察しがついている。

「慎重だな」

と、猪之助。

「捕り違えはご法度《はっと》でありゃあすよ」

冷泉為長は酒を啜ると、茶碗を畳の上に置いた。

「いずれにしても、その屋敷の廻りを見張りだな」

春田同心が言った。

「心得た、でおりゃるよ。なれど、このいでたちでは……」

公家隠密は頭に手をやった。

烏帽子を脱ぎ、冠下《かんむりした》の髷《まげ》を正す。

「そうだな。髷も公家風ではあるが、夜なら分からぬ」

猪之助がうなずいた。

「おのれを消して、妖気の源を探るのでおりゃるよ」

冷泉為長は渋く笑った。

「頼むぞ」

春田同心の声に力がこもった。

五

鬼島十兵衛は微醺《びくん》を帯びていた。

屋敷で呑んできたが、まだ呑み足りない。

あの見世へ行けば、左平次《さへいじ》がいるはずだ。

改めて呑み直すことにしよう。


十兵衛は足を速めた。

すでに夜の闇は深い。提灯の灯りが揺れる。

愛宕権現から遠からぬところに、遅くまでやっている煮売り屋があった。とくに名はない。存外に奥行きがあり、それなりに繁盛している。

「おう、いたか」

煮売り屋に入るなり、十兵衛は言った。

「来ると思うたぞ」

先客が右手を挙げた。

時本《ときもと》左平次だ。

「何がある」

十兵衛は煮売り屋のあるじにたずねた。

「蛸《たこ》がいい塩梅《あんばい》に煮えております」

声が返ってきた。

「なら、くれ」

十兵衛はそう言うと、奥の小上がりに進んだ。

夜鳥《よどり》が鳴いている。

小上がりからは外の気配が伝わってきた。薄い壁の向こうは通りだ。さすがにもう静まっているが、折にふれて物売りの声が響く。

煮蛸やあぶった干物を肴に、同じ道場に通う二人の武家はしばし呑んだ。

「藤次郎《とうじろう》には会ったか」

十兵衛がたずねた。

「いや、今日の道場には顔を見せていなかった」

左平次が答えた。

「そうか」

十兵衛は少し間を置いてから続けた。

「何か嗅《か》ぎ回っているやつはいないか」

声を落としてたずねる。

「例の件か」

左平次も低い声で言った。

「そうだ。仇討《あだう》ちなどもありうるからな」

十兵衛は答えた。

「心配か」

と、左平次。

「いや」

十兵衛は猪口《ちょこ》の酒を呑み干してから続けた。

「もしそうなれば、返り討ちにしてやるまでだ」

愛宕権現に近い煮売り屋の小上がりで、押し殺した笑い声が響いた。

普通なら、通りにまでは伝わらぬ声だ。

だが……。

常ならぬ者の耳には届いた。

人気《ひとけ》の絶えた夜の通りに立っていたのは、公家隠密だった。

第三章　月あかりの道

一

月あかりが夜道を照らしている。
鬼島十兵衛は一人で帰路に就《つ》いていた。
酒は入っているが、頭の芯は妙にさえていた。
何かが起きる。
今夜はここで終わらぬ。
そんな予感めいたものがあった。
次の角を曲がれば、すぐそこが屋敷だ。

十兵衛は足を速めた。

だが……。

その背後の気が、わずかに揺らいだ。

遠くから風が吹きこんできたかのようだった。

そして、声が響いた。

「鬼島十兵衛だな」

いくらか甲高《かんだか》いが、よく通る声だ。

十兵衛は足を止めた。

「何やつ」

振り向き、提灯《ちょうちん》の灯りをかざす。

闇の中から、影が近づいてきた。

「われこそは冷泉為長、人呼んで公家隠密なり」

影が名乗りをあげた。

「公家隠密だと？」

十兵衛は身構えた。

「いかにも」

影は短く答えてから続けた。

「神谷町の道場に通う旗本の子弟、釜田利三郎並びに寺尾辰次郎、何の罪もなき両名を殺《あや》めし二名の武家の片割れは、うぬでありゃあすな」

公家隠密と名乗る男が言った。

「小癪《こしゃく》な」

十兵衛は提灯を投げ捨てた。

間合いが詰まった。

二

たちまち提灯に火が燃え移った。

その灯りが敵の悪相を照らす。

「この江戸に跳梁《ちょうりょう》する悪は、公家隠密たる、まろが許さぬ。覚悟してくりゃれ」

冷泉為長はそう言うなり抜刀した。

目にもとまらぬ居合抜きだ。

「片腹痛いわ」

鬼島十兵衛も剣を抜いた。

しゃっ、と音が響く。

夜道に人影はない。

夜鳥《よどり》が不気味に鳴くばかりだ。

「来やれ」

公家隠密は挑発した。

「おう、斬《き》ってやる」

敵の構えが変わった。

上段だ。

上背がある。

その姿は、山から下りてきた天狗《てんぐ》のように見えた。

だが……。

公家隠密も負けてはいなかった。

六尺（約百八十センチ）になんなんとする長身で、肩や胸や背中や腿に引き締まった筋肉がついている。無駄のない鎧《よろい》をまとっているかのようだ。

「きーえーい！」

気合一閃《いっせん》、敵は上段から剣を打ち下ろしてきた。

「ぬんっ」

公家隠密が受ける。

闇の中に、火花が散った。

鬼島十兵衛の腕はたしかだった。

尋常《じんじょう》な者なら、たちどころに押しこまれて斬られてしまうかもしれない。端倪《たんげい》すべからざる剣だ。

しかし……。

公家隠密は違った。

諸国を放浪し、いくたびも他流試合を繰り返して磨き上げた剣だ。流派の名はないが、だれにも負けぬ。

「とりゃっ」

冷泉為長は押し返して間合いを取った。

敵の目が見えた。

その瞳の奥で、鬼火のような光がゆらいだ。

三

小癪な。
公家ごときに、この鬼島十兵衛が負けるものか。
腕に覚えのある武家は間合いを詰めた。
一刀両断の初太刀《しょだち》は正しく受けられた。
さりながら……。
十兵衛は同じ剣筋で攻めた。
この剣で、これまであまたの敵を斃《たお》してきた。
何の関わりも、罪もない者もいた。
ありていに言えば、辻斬りだ。
斬るために、斬る。

それが十兵衛の剣だ。
斬ってやる。
根こそぎたたき斬ってやる。
「きーえーい!」
またしても声が放たれた。
大上段から思い切り振り下ろす剣だ。
身の重みがかかっている。
常人なら、たちどころに押し込まれ、あお向けに倒されてもおかしくはない。
そして、そのまま斬られてしまう。
十兵衛はこれまで、いくたりもこの剣で殺めてきた。
凶剣だ。
しかし……。
公家隠密は受けた。
その剣で、がっしりと受けた。
いかに強くとも、分かりきった剣筋だ。
恐るるに足りない。

「とりゃっ」

押し返す。

間合いができた。

二人の体が離れた。

四

いまだ。

公家隠密はその一瞬を見逃さなかった。

上段からの剣に固執《こしつ》していた鬼島十兵衛の胴は、隙だらけだった。

斬れる。

冷泉為長は瞬時にそう判断した。

とっさに身をかがめる。

蹴鞠《けまり》で鍛えたその身が弾む。

「てやっ！」

気合もろとも、公家隠密は剣を一閃させた。

抜き胴だ。
「ぐっ」
十兵衛はうめいた。
公家隠密の剣は、敵の体を物の見事に斬り裂いていた。
だが……。
敵はそのまま斃れたりはしなかった。

しまった。
斬られた。

十兵衛はたしかにそう思った。
痛みもあった。
しかし……。
そこまでの深手とは思っていなかった。
まだやれる。
不覚を取ったが、今度はやり返す。

斬ってやる。

十兵衛は再び剣を構えた。

今度は正眼だ。

「ふふふ」

声が響いた。

笑っていたのは、公家隠密だった。

「うぬはもう、終わりでありゃあすよ」

冷ややかに告げる。

「何をっ」

十兵衛の剣が動いた。

だが……。

その刹那《せつな》、身の中で異変が起きた。

傷は思いのほか深かった。

斬られたのは一瞬だが、致命傷だった。

身の深いところから、血があふれてきた。

「げふっ」

十兵衛はうめいた。
その口から、鮮血がほとばしった。

五

「慈悲でありゃあすよ」
公家隠密が間合いを詰めた。
剣が一閃する。
十兵衛の顔に驚きの色が浮かんだ。
おれがやられる？
このおれが、死ぬのか……
そんな驚愕《きょうがく》の表情だ。
しかし……。
それは長く続かなかった。

驚きの色を浮かべたまま、十兵衛の首は宙に舞った。

いともたやすく、胴と泣き別れになった。

次の刹那――。

首は地面にたたきつけられた。

最期に瞬《まばた》きをする。

それで終わった。

鬼島十兵衛は白目をむいて、死んだ。


冷泉為長は血ぶるいをした。

「終わり、でありゃあすよ」

剣を納める。

敵の胴体はまだそこに突っ立っていた。

奇妙な案山子《かかし》のようなさまだ。

公家隠密はしばしその姿を見ていた。

「もう一人、おりゃあすな」

ふと我に返って言う。

月あかりが濃くなった。

最後に十兵衛の胴を見やると、公家隠密は歩きだした。

春田屋敷のほうへ。

六

「さすがだな」

春田猪之助が言った。

夜遅くに戻ってきた公家隠密に向き合っている。

おかげで少々眠そうだ。

「咎人《とがにん》の一人の成敗《せいばい》は完了でありゃあすな」

ひと仕事終えてきた公家隠密が言った。

「そうか。もう一人いたな」

春田同心がうなずいた。

釜田利三郎と寺尾辰次郎。

二人の旗本の子弟が凶剣に斃れた。

その剣筋から推して、咎人は二人組と推察された。

公家隠密の働きで、そのうちの一人は鬼島十兵衛と判明し、成敗も済んだ。

残るはあと一人だ。

「すでに手がかりはありゃあすよ」

冷泉為長が言った。

「まことか」

猪之助はいくらか身を乗り出した。

「鬼島十兵衛を尾行して、愛宕権現に近い煮売り屋へ行ったところ、声が聞こえてきたのでおりゃる」

公家隠密はそう言って、湯呑みの酒を啜《すす》った。

「地獄耳に入ったのだな」

猪之助がにやりと笑った。

「いかにも」

公家隠密も渋く笑った。

「藤次郎には会ったか」

「いや、今日の道場には顔を見せていなかった」

「そうか」

「何か嗅《か》ぎ回っているやつはいないか」

「例の件か」

「そうだ。仇討《あだう》ちなどもありうるからな」

「心配か」

「いや」

「もしそうなれば、返り討ちにしてやるまでだ」

冷泉為長は煮売り屋の横手で立ち聞きした会話を再現した。

「では、片割れはその『藤次郎』というやつか」

春田同心も酒を啜った。

「いや」

公家隠密はただちに手を挙げてさえぎった。

「名は分からぬが、鬼島十兵衛と話していたやつかもしれぬ。そうなると、敵は三人。さらに芋《いも》づるを引くがごとくに、悪《あ》しき者どもが現れてくるかもしれないであありゃあすな」

冷泉為長はいくらか眉間《みけん》にしわを寄せた。

「ならば、一網打尽《いちもうだじん》だな」

猪之助が言った。

「そうありたきもの」

公家隠密の言葉に力がこもった。

第四章　敵討《かたきう》ちの誓い

一

壁際に木札が並んでいる。

名札だ。

鬼島十兵衛

その名もある。

道場の名は鍛成館《たんせいかん》だ。

武家ばかりでなく商家のあるじなども通う大きな道場には、そこはかとなく憂《ゆう》色《しょく》が漂っていた。

師範代に近い腕前の持ち主である鬼島十兵衛が、昨夜、何者かに斬《き》られて落命したのだ。

道場でも一、二を争う遣《つか》い手だった十兵衛だが、あろうことか、首を物の見事に斬り落とされていた。その知らせを聞いたあとゆえ、道場全体に暗い気が漂っていた。

その鍛成館に、公家隠密が近づいた。

ただし、烏帽子《えぼし》はかぶっていない。

狩衣《かりぎぬ》姿でもない。

なりわいは不詳だが、いでたちに公家らしいところはまったくなかった。

この道場には前にも行き、「鬼島十兵衛」の名札に瘴気《しょうき》を感じたのでありゃあすからな。

ほかの名札も読みたいのはやまやまなれど、のこのこと顔を出すわりにもいかずまいて。

道場に入る代わりに、冷泉為長は格子窓のほうへ向かった。

そこから稽古《けいこ》の模様を見学することができる。
気配を殺し、公家隠密は中の様子をうかがった。
活気はなかったが、しばらくすると、ようやくひと組の稽古が始まった。
公家隠密はぐっと気を集めた。
壁際に並んだ名札は遠い。
肉眼では見ることができない距離だ。
だが……。
これくらい離れていても、気を集めれば、心眼には顕《た》つ。
公家隠密は両目を閉じた。
盤双六《ばんすごろく》の勝負を思う。

この一投で、勝ち負けが決まる。
良き目が出なければ終わりだ。
出《い》でよ！

そんな念を込めるときのように、すべての気を集めた。

やがて……。

眼裏《まなうら》の闇に、墓標のごとくに、文字が現れた。

時本左平次

そう読み取ることができた。

二

その晩──。

愛宕権現に近い煮売り屋に、二人の男の姿があった。

「十兵衛があんなふうにやられるとはな」

時本左平次がそう言って、苦そうに猪口《ちょこ》の酒を呑み干した。

「おれはその場にいなかったが、旗本の仲間の仇討《あだう》ちだろうか」

もう一人の男が言う。

「仇討ちか……それにしては派手なことを」

左平次が顔をしかめた。

「首を一刀で斬り落とされていたからな」

声が響く。

「あの遣い手の十兵衛がのう。鍛成館の剣士といえば、はばかりながらこの時本左平次と、鬼島十兵衛が東西の大関格だ」

左平次がそう言って、煮蛸《にだこ》に箸《はし》を伸ばした。

「もう一人忘れてもらっては困るぞ」

また声が響いた。

「すまぬ。団野《だんの》藤次郎を忘れておったわ」

左平次が言った。

そのやり取りを聞いていた者がいた。

公家隠密だ。

この煮売り屋の横手で立ち聞きができることは分かっている。

団野藤次郎か。

姓が分かったのは重畳《ちょうじょう》でおりゃるよ。

冷泉為長がほくそ笑んだ。

煮売り屋の会話はさらに続いた。

「できることなら、仇を討ちたいところだな」

左平次が言った。

「そもそも、十兵衛がやられたのは仇討ちではないのか」

藤次郎が言う。

「おれと十兵衛が斬ってやった旗本のせがれたちだな？」

左平次が声を落とした。

それでも聞こえた。

鍛成館の剣士たちの会話は、公家隠密の耳にたしかに届いた。

「そうだ。まさか昔の辻斬りの……」

藤次郎はそこで口をつぐんだ。

「余計なことはしゃべるな」

左平次がぴしゃりと言った。

「おう、すまぬ」

藤次郎はそうわびて、猪口の酒を呑み干した。

昔の辻斬り?

まろの耳には、しっかりと届いたでおりゃるよ。

煮売り屋の横手で、公家隠密がにやりと笑った。

三

「昔の辻斬りか」

春田猪之助が顔をしかめた。

「旗本の子弟を斬ったのは、まろが成敗《せいばい》した鬼島十兵衛と、時本左平次。団野藤次郎も悪《あ》しき仲間で、組み合わせまでは分からぬが、辻斬りに手を染めていたのでありゃあすよ」

公家隠密がそう言って、湯呑みの酒を啜《すす》った。

「芋《いも》づるのごとくに、悪しき者が現れてきたな」

春田同心が言った。

「ならば、成敗するまでおりゃるよ」

公家隠密が軽く二の腕をたたいた。

「道場主などはどうだ」

猪之助が問うた。

「まろが見たところでは、道場のせいではないと」

冷泉為長が答えた。

「あくまでも通っている者どもが悪いのだな」

と、猪之助。

「そのとおりでありゃあすな」

公家隠密が答えた。

「では、今日はもう遅いが、明日にでもまた切絵図を調べるか」

春田同心が問うた。

「道場や煮売り屋に張り込む手もありゃあすな」

公家隠密は腕組みをした。

「まあ、住まいが分かればそれに越したことはあるまい。どこを見張るかはそれからの思案だ」

猪之助が言った。

「盤双六で占うつもりでおりゃるよ」

冷泉為長は賽子《さいころ》を振るしぐさをした。

「そうそう、言い忘れたが……」

春田同心はひと息入れてから続けた。

「今日、先だって殺《あや》められた寺尾辰次郎の妹がおれをたずねてきたらしい。明日また来るそうだが、どうやら兄の仇を取ってもらいたいという相談のようだ」

「町方にさような相談とは、いささか異なことでありゃあすな」

冷泉為長は軽く首をかしげた。

「おぬしは自作自演の芝居の主役だし、江戸じゅうに名が響いている。おのれに手立てのない敵討ちなどは、公家隠密に頼めば必ず闇にて成敗してくれる。そういううわさが広がっているようだ。その媒役《なかだちやく》として、おれの名もひそかにささやかれているらしい」

猪之助はそう伝えた。

「幕閣の中枢、ご老中が後ろ盾《だて》でありゃあすからな。あながち芝居のなかの話でもあるまいて、ふふ」

公家隠密が笑う。

「なら、明日会ってみて、都合がついたらおぬしにも引き合わせよう」

猪之助が笑みを返した。

「道場から戻る頃合いなら」

冷泉為長が言った。

「おう、心得た」

春田同心が右手を挙げた。

四

寺尾辰次郎の妹の幸《ゆき》は、昼下がりに北町奉行所に姿を見せた。

今日の春田同心は先に廻り仕事を済ませ、奉行所で書きものをしていた。江戸の市中を飛びまわるばかりでなく、そういった地味なつとめもある。

「お待たせした。それがしは北町奉行所の隠密廻り同心、春田猪之助と申す」

猪之助は名乗った。

「寺尾幸でございます。本日はお忙しいところ、お手間を取らせてしまい、相済みません」

旗本の娘は頭を下げた。

丸髷《まるまげ》に黄楊《つげ》の櫛《くし》。

着物と帯も質素ないでたちだが、錦絵になってもおかしくない美形で、瞳の奥に光が宿っている。

「兄上が不幸な目に遭《あ》ったとか」

猪之助が言った。

「さようでございます。道場仲間の釜田利三郎様と帰路に就《つ》いているところ、賊《ぞく》に襲われ、あえなく落命してしまいました」

幸はそう言って唇を噛《か》んだ。

「愁傷《しゅうしょう》なことであった」

春田同心は居住まいを正して答えた。

ここで幸がふところから手拭《てぬぐ》いに包んだものを取り出した。

開く。

中から現れたのは根付だった。

「兄の形見でございます。敵が討たれるまではと、こうして肌身離さず持ち歩いております」

幸は厳しいまなざしで言った。

「おなごのそなたが敵討ちというわけにはいかぬからな」

春田同心はそう言って娘の顔を見た。

「はい、残念ながら……」

幸は少し間を置いてから続けた。

「さりながら、こういううわさを仄聞《そくぶん》いたしました」

「どんなうわさだ？」

春田猪之助が問う。

「この江戸には、公家隠密という方がいらっしゃり、悪しき者を闇にて成敗してくださる。町方の隠密廻りの方がそのつなぎ役になってくださっている。そういううわさを耳にしましたゆえ、一縷《いちる》の望みをかけてうかがった次第でございます」

幸の言葉に力がこもった。

「まるで芝居の筋書きのようだな」

猪之助は腕組みをした。

「できることなら、わたくしがこの手で兄の敵を討ちとうございます。辰次郎はつねに優しく、家族思いの兄でございました。周りからも慕《した》われておりました。そんな兄が、なぜ斬られねばならぬのでしょう。この世には神も仏もないものか、悪しき者に天罰は下されぬものかと……」

幸はそこで言葉に詰まった。

指先が小刻みにふるえている。

その様子を見た猪之助は腕組みを解いた。

「相分かった」

「これから案内しよう」

春田同心が言った。

「いずこへでございます?」

幸はややいぶかしげに問うた。

「他言は無用だぞ」

猪之助は唇の前に指を一本立てた。

「はい」

幸が引き締まった表情でうなずく。

「公家隠密のところだ」

少し声を落として、春田同心は告げた。

五

「……五《いつ》、六《むゆ》、七《なな》、八《やぁ》」

数を唱《とな》えながら、冷泉為長が足を動かした。

蹴鞠《けまり》だ。

紅と青に染め分けられた鞠が小気味よく宙に舞う。

「まろ、宙返り」

見物していた左近がせがんだ。

「やってやって」

弟の右近もはやす。

「先生に無理を言ってはいけませんよ」

多美がたしなめた。

春田家のわらべたちはこれからいろいろな学びをせねばならない。寺子屋に通わせるという手もあるが、春田家にはちょうどいい教え役がいた。

言うまでもなく、公家隠密だ。

傍流《ぼうりゅう》ながら冷泉家の出で、有職故実《ゆうそくこじつ》にも詳しい。

筆を執《と》らせれば無類の達筆。盤双六で鍛えた算術もお手の物だ。

教え役としては申し分がない。そんなわけで、日を決めてみっちりとよろずの学びを行っている。

「一度だけだぞ」

蹴鞠を続けながら、公家隠密が言った。

「はあい」

「お願いします」

兄弟の声がそろった。

間合いを図ると、冷泉家の血筋の男はひときわ高く鞠を蹴り上げた。

「とりゃっ！」

掛け声を放ち、その場でうしろに宙返りを見せる。

そして、きれいに両足で着地した。

鞠が落ちてきた。

公家隠密は、何事もなかったようにそれをつかんだ。

「お見事」

多美が声を発した。

「おっ、蹴鞠か」

そう言いながら、春田同心が姿を現した。

隣に幸もいる。

「公家隠密こと冷泉為長だ」

猪之助が手で示した。

幸は瞬《まばた》きをした。

蹴鞠を手にした狩衣姿の男は、まるで錦絵から抜け出てきたかのようだった。

「鬼島十兵衛と時本左平次に殺められた旗本、寺尾辰次郎の妹だ。われらのうわさを耳にして、敵討ちを頼みに来た次第」

春田同心は手短に伝えた。

「寺尾幸と申します」

幸は我に返ったようにあいさつをした。

「冷泉為長でおりゃる」

公家隠密は軽く頭を下げた。

そして、頼み人の目をまっすぐ見た。

若い二人の目と目が合った。

六

取りこんだ話になるから、二人の息子は多美が下がらせた。

それから茶の支度にかかる。

「帰りは送らせるゆえ」

猪之助が言った。

「相済みません」

幸は頭を下げた。

「では、ごゆっくり」

多美が幸に言った。

「ありがたく存じます」

幸は折り目正しく答えた。

仕度が整った。

「二人の敵のうち、鬼島十兵衛はすでに為長が成敗した」

春田同心が公家隠密を手で示した。

「道々、うかがいました。亡き兄も喜んでいると思います」

幸は感慨深げに言った。

「いや」

公家隠密はすぐさま右手を挙げてから続けた。

「いまだ道半ばでありゃあすよ。もう一人の時本左平次を討たねば」

「そうだな」

春田同心がうなずく。

「それに、もう一人、団野藤次郎という男もいる。どちらと一緒に狼藉《ろうぜき》を働いたかは分からぬが、昔は辻斬りにも手を染めていたらしい」

猪之助は厳しい表情で告げた。

「辻斬りまで」

幸が眉をひそめる。

「何にせよ、斬らねばならぬ者どもでありゃあすよ」

公家隠密がそう言って茶を啜った。

「兄の敵、ぜひとも討ってくださいまし」

幸の声に力がこもった。

「うむ」

狩衣姿の男がうなずく。

「兄はまだ二十歳《はたち》そこそこの若さでした。これから先、あまたのことを行い、人の助けになったことでしょう。そういったもろもろの時が……ありえたかもしれない道がすべて閉ざされてしまったことが、わたくしには無念でなりません」

幸の唇がふるえた。

「相分かった」

公家隠密は武家の口調で言った。

「悪しき者は、このまろが許さぬ。必ず敵を討ってみしょうぞ」

言葉に力がこもる。

「どうぞよろしゅうお願いいたします」

幸は両手をついて改めて頼んだ。

畳の上に、亡き兄を思う涙がしたたり落ちた。

第五章　闇成敗《せいばい》

一

夜はもう更けていた。

公家隠密は幸を屋敷へ送り届け、春田家へ戻ってきた。

初めのうちは話が弾まなかったが、幸の問いに答えているうちに、少しずつ会話が進むようになった。

公家の血を引く男がなぜ江戸へやってきたのか。

公家隠密は平生《へいぜい》、どんなつとめをしているのか。

幸は素朴な疑問を口にした。

「公家のなかでも傍流《ぼうりゅう》でありゃあして。背負うものがないゆえ、流れ流れて江戸ぐらし。いつしか悪党退治の公家隠密という思わぬ役がつきゃあした」

冷泉為長はそんな調子で答えた。

平生のつとめは、嗅覚《きゅうかく》を働かせて悪を察知し、動かぬ証《あかし》をつかんだら成敗する。ずいぶん端折《はしょ》った説明だが、幸は感心の面持《おもも》ちで聞いていた。

「次なる悪党退治は、そなたの兄の敵討《かたきう》ち。しばし待っていてくりゃれ」

別れぎわに、公家隠密が言った。

「どうぞよろしゅうお願いいたします」

幸はまた深々と頭を下げた。

こうして一幕が終わり、春田家に戻ってきた公家隠密は、あるものを出すようにと所望した。

切絵図だ。

「あと二人おりゃあすからな」

公家隠密が切絵図の前であぐらをかいた。

「団野藤次郎と時本左平次だな？」

春田猪之助が身を乗り出した。

「姓名がそろっていれば重畳《ちょうじょう》でありゃあすが」

切絵図に目を走らせながら、冷泉為長が言った。

「小身の旗本なら姓だけだろうからな」

と、猪之助。

「ぐっと気を集めれば、そこだけが光るはず」

公家隠密のまなざしに力がこもった。

「おう、光らせてくれ」

猪之助が言った。

ややあって、公家隠密の目に解明の光が宿った。

時本
団野

その文字が怪しく光った。

二

「ほとぼりが冷めたら、久々にやるか」

団野藤次郎がそう言って、箸《はし》をさっと斜めに振り下ろした。

「やりたいのはやまやまだが、ここはまだ我慢だな」

時本左平次が答える。

「我慢か」

藤次郎は渋い顔で答えると、煮蛸《にだこ》を口中に投じ入れた。

愛宕権現に近い、いつもの煮売り屋だ。

「十兵衛の敵討ちもしてやりたいところだが」

左平次がそう言って、猪口《ちょこ》の酒を呑み干した。

「そうだな。あの十兵衛の首を刎《は》ねたのだから、並の遣《つか》い手ではあるまいが、かえって腕が鳴る」

藤次郎は二の腕をたたいた。

「おれの勘だが」

左平次はあぶった干物に箸を伸ばした。

少し食してから続ける。

「近々、出会うような気がする」

「そうか。おぬしの勘は鋭いゆえ」

藤次郎が渋く笑った。

「何にせよ、もし出会ったら斬《き》るまでよ」

左平次は箸を動かした。

「敵討ちだからな」

と、藤次郎。

「お返しに首を刎ねてやる」

左平次の声に力がこもった。

その声を耳にした者がいた。

公家隠密だ。

例によって、薄い板越しに様子をうかがっている。

刎ねられるものなら刎ねてみしょう。

公家隠密は心のうちで言った。

うぬらはこの世のごみぞ。

ごみは掃《は》き清めるだけでありゃあすよ。

ひそかに様子をうかがっていた者は、刀の柄《つか》に手をやった。

三

「ちと酔うてしもうたな」

藤次郎が言った。

「肴《さかな》がうまいから、酒も進む」

左平次が和す。

こちらもいささか千鳥足だ。

「良き月ではないか」

藤次郎が夜空を指さした。

「おう。われらを照らしておるぞ」

と、左平次。

「われらばかりでなく、世の者たちをひとしなみに照らしておろうぞ」

藤次郎が笑みを浮かべた。

「いや、天が照らしているのはわれらのみぞ。そのほかは塵芥《ちりあくた》にすぎぬ」

左平次は傲然《ごうぜん》と言い放った。

「塵芥か。たしかに」

藤次郎が答えた。

「塵芥は燃やしてしまえばよい」

左平次が言った。

「なるほど。人だと思わず、塵芥だと思えば、たやすく斬れる」

藤次郎が刀の柄に手をやった。

「そうだ。いずれまた斬ってやろう」

左平次が嫌な笑みを浮かべた。

曲がり角が近づいた。

提灯《ちょうちん》をかざしながら、二人の武家がゆっくりと進んでいく。

「江戸を震撼《しんかん》させる辻斬りの登場だ」

と、藤次郎。

「十兵衛の分まで斬ってやろう」

左平次が言った。

「おう」

藤次郎はいくらか足を速めた。

だが……。

その行く手に、だしぬけに人影が現れた。

「邪《よこしま》なる者は、まろが許さぬ」

凜《りん》とした声が響いた。

悪党どもの前に立ちふさがったのは、公家隠密だった。

四

「何やつ」

時本左平次が身構えた。

「何者ぞ」

団野藤次郎が誰何《すいか》する。

「われこそは冷泉為長、人呼んで公家隠密」

名乗りをあげる。

「公家隠密だと？」

左平次が目をむいた。

「芝居で名が出たやつか」

藤次郎が間合いを取った。

公家隠密が自ら出演した捕り物芝居は好評を博し、かわら版が江戸のほうぼうで売りさばかれた。

「時本左平次、並びに団野藤次郎」

公家隠密は悪党の名を呼んだ。

「うぬらは、寺尾辰次郎および釜田利三郎、二人の何の咎《とが》もなき有為《ゆうい》の若者を斬りゃあした。さかのぼれば、憎むべき辻斬りを行い、江戸の民を震撼せしめた。その罪、まことにもって許しがたし。よって……」

公家隠密はひと息置くと、やにわに抜刀した。

目にもとまらぬ居合抜きだ。

「片腹痛いわ」

左平次も剣を抜いた。

「斬ってやる」

藤次郎が続いた。

五

「とりゃっ！」

まず左平次が斬りこんだ。

上段から力まかせに振り下ろす剣だ。

「ぬんっ」

公家隠密が受ける。

それなりに膂力《りょりょく》はあるが、凡庸《ぼんよう》といえば凡庸な剣だ。

諸国を渡り歩いていたとき、さまざまな武芸者と剣をまじえた。

なかには剣呑《けんのん》な敵もいた。剣もろともに押し斬るがごとき力の持ち主もいた。

それに比べれば、児戯《じぎ》に類する。

間合いができた。

「死ねっ」

今度は藤次郎が斬りこんできた。

公家隠密が撥《は》ねあげる。

火花が散った。


悪《あ》しき剣を振るうのも、これで終わりでありゃあすな。

存分に戦ってくりゃれ。


しばらくは受けに徹することにした。

攻めるのは、敵の息が上がってからでいい。

公家隠密は構えを下げた。

「てやっ」

左平次がまた斬りこむ。

剣筋が見えた。

かんっ、と涼やかな音を立てて受ける。

「覚悟っ！」

藤次郎は突きを見せた。

これもたちどころに見抜いた。

「とおっ」

体《たい》を開き、一撃で払う。

遠くで夜鳥《よどり》が鳴いている。

まるで弔《とむら》いの声のようだ。


そろそろ頃合いでありゃあすかな。

公家隠密の構えが変わった。

六

左平次は焦《あせ》っていた。
辻斬りのときは、相手はただむざむざと斬られてくれた。
このあいだの旗本の子弟もそうだ。
剣をまじえる相手としては、いたって張り合いがなかった。
しかし……。

こやつは違う。
化け物だ。

剣をまじえた左平次は肌でそう感じていた。
さりながら、ここで逃げるわけにはいかない。
目の前に立ちふさがる敵は、斬るまでだ。
左平次の手に、また力がこもった。

「ぬんっ」

公家隠密が敵の剣を撥ねあげた。

怒りが身を領していた。

こやつが振るった凶剣のせいで、有為の若者たちがあたら前途ある命を落とした。

許さぬ。

公家隠密は正眼に構えた。

その身を領しているのは、怒りばかりではなかった。

公家の血を引く男は有職故実《ゆうそくこじつ》に通じていた。

琴棋書画《きんきしょが》、敷島《しきしま》の道（和歌）、蹴鞠《けまり》に盤双六《ばんすごろく》、まさしく諸芸百般だ。

「天《あま》の原」

公家隠密はやにわに言葉を発した。

「ふりさけ見れば」

剣が動く。

「春日《かすが》なる」

小倉百人一首の七番、阿倍仲麻呂《あべのなかまろ》の歌だ。
和歌を唱《とな》えると、身の内で言霊《ことだま》が蠢動《しゅんどう》する。
それが力になる。
根源から力がわいてくる。
「黙れ！」
今度は藤次郎が斬りこんできた。
正面から受け、押し返す。
「三笠《みかさ》の山に」
根源から力がわきあがる。
体が離れ、間合いができた。
その一瞬を、公家隠密は見逃さなかった。
袈裟《けさ》懸《が》けに斬る。
手ごたえがあった。
「ぐえっ！」
藤次郎がうめいた。
首から血しぶきが舞う。

公家隠密はすぐさまとどめを刺した。

心の臓をえぐる。

「うぐっ」

藤次郎は目をむいた。

口から血があふれる。

敵は白目になり、がっくりとひざをついて絶命した。

公家隠密は夜空をちらりと見上げた。

「……出《い》でし月かも」

血ぶるいをする。

天空の月を、一瞬、赤い血がかすめた。

七

「おのれっ！」

左平次の形相《ぎょうそう》が変わった。

般若《はんにゃ》のごとき顔になる。

「藤次郎の敵、思い知れっ」

真っ向から斬りこんでくる。

剣筋はもう見えていた。

「とりゃっ」

公家隠密は正面から受けて押し返した。

「うぬが命運、尽きたと知りゃれ」

そう言い放つ。

「片腹痛いわ」

左平次は吐き捨てるように言うと、また向こう見ずに斬りこんできた。

がんっと受ける。

火花が散る。

「せいっ」

公家隠密は間合いを取った。

敵の息が上がってきた。

肩で息をついている。

そろそろ仕上げだ。

冷泉為長は上段に構えた。
月あかりが濃くなる。
またしても言霊が訪れた。
と同時に、ある俤《おもかげ》が立ち現れた。
寺尾幸だ。
兄の敵討ちを願う娘の顔が、公家隠密の脳裏にありありと浮かんだ。
「天《あま》つ風」
間合いを詰める。
「黙れ」
左平次が突進してきた。
渾身《こんしん》の突きだ。
「雲の通ひ路《じ》」
公家隠密はひらりと体を開いてかわした。
唱えているのは小倉百人一首十二番、僧正遍昭《そうじょうへんじょう》の歌だ。
風が吹く。
冷泉為長のほおをなでる。

「吹き閉《と》ぢよ」

公家隠密の剣が動いた。

敵の剣を撥ねあげ、斬る。

返す刀で、首を刎ねる。

凄《すさ》まじい力だ。

悲鳴すら放たれなかった。

左平次の首は宙に舞い、落ちた。

「乙女《おとめ》の姿」

また幸の俤が浮かぶ。

「しばしとどめん」

残心をする。

左平次の胴は、まだそこに立ったままだった。

奇妙な彫刻のようなものを月あかりが照らす。

敵は討ち果たした。

これにて一件落着でおりゃるよ。

公家隠密は血ぶるいをした。
そして、ゆっくりと刀を納めた。

第六章　最強の目

一

敵《かたき》が討たれたことは、寺尾辰次郎と釜田利三郎の家族に伝えられた。亡き者が還《かえ》ってくることはないが、せめてもの手向《たむ》けになった。どちらの家族も涙を流して喜んだ。

寺尾辰次郎の妹の幸は、春田屋敷に足を運んだ。どうしても礼を述べたかったのだ。

春田猪之助はつとめで不在だったが、冷泉為長は屋敷で二人の息子たちの相手をしていた。

「いまは庭だと思います。ご案内しましょう」

応対に出た多美が言った。

「恐れ入ります」

幸はていねいに頭を下げた。

「えいっ」

「やあっ」

わらべたちの声が聞こえてきた。

小ぶりのひき肌竹刀《はだしない》を構え、公家隠密に向かって打ちこんでいるところだ。

「為長さま」

多美が声をかけた。

「よし。終わりでありゃあすよ」

冷泉為長は白い歯を見せた。

幸のほうをちらりと見る。

「冷たい麦湯がありますから、おいでなさい」

多美が息子たちに言った。

「わあい、麦湯」

「のど渇いた」

「汗かいたから」

左近と右近が言う。

夏の日差しがだんだんに濃くなってきている。稽古《けいこ》をしたあとの冷たい麦湯は格別だ。

公家隠密は軽く手招きをした。

庭の裏手のほうに木陰がある。

幸は一つうなずいてそちらへ向かった。

「このたびは、兄の敵を討ち果たしていただき、まことにありがたく存じました」

幸は深々と一礼した。

「どうにか、役目を」

冷泉為長は短く答えると、空を見上げた。

さわやかな夏の青い空を、鳥が一羽舞っている。

その白い羽が目にしみるかのようだった。

冷泉為長と寺尾幸は、その姿をしばし無言でながめた。

「……兄かもしれません」

ややあって、幸が口を開いた。

「うむ」

公家隠密がうなずく。

鳥が舞う。

抜けるように青い空を、清浄な鳥が舞う。

「成仏《じょうぶつ》してくりゃれ」

冷泉為長が両手を合わせた。

そのしぐさを見て、幸が目元に指をやった。

二

こうして、敵討ちは一段落ついた。

さりながら……。

世に悪党は次から次へと現れる。江戸に平穏な時が長く訪れることはない。

夏の日差しがさらに濃くなり、人々が暑気払いを求めるようになったある晩、南新堀《みなみしんぼり》で恐ろしい押し込みが起きた。

難に遭《あ》ったのは、下り酒問屋の池田屋利右エ門《いけだやりえもん》だった。

問屋の番付にも載るほどの大店《おおだな》で、使用人の数も多かったが、そのなかにひそかに盗賊《とうぞく》の引き込み役がまぎれこんでいたらしい。

暮夜《ぼや》、くぐり戸から侵入した黒装束の賊《ぞく》は、憎むべきことに、池田屋の家族や使用人たちをあらかた殺《あや》め、金目の物を根こそぎ奪い取っていった。

それればかりではない。

大戸に妙な刀傷が遺《のこ》されていた。

巳《み》

そう読み取ることができた。

どうやら盗賊の名のようだ。

ことによると、あいつが帰ってきたのかもしれない。

押し込みの現場を改めた町方の者たちは表情を変えた。

世に盗賊は数々おれど、最もたちが悪いかもしれないやつだ。

悪知恵も働く。

仮の名に身をやつし、怪しまれないねぐらを巧みにつくって、手下を操《あやつ》る。そのなかには金で釣った諸国の武芸者なども含まれていた。

周到に筋書きをつくり、いざとなれば、押し込みで根こそぎ財を奪い取ってしまう。その盗賊に狙われたら最後、金も命もすべて奪い取られてしまう。

実に恐るべき盗賊だ。

その盗賊の名は、野分《のわき》の巳之助《みのすけ》だった。

三

「前に出たのが五年前か」

小園大八郎与力が腕組みをした。

「しばらく名を聞かなかったんですが」

春田猪之助同心が渋い顔で言った。

「二つか三つ、続けざまに大きな押し込みをして、何事もなかったかのように消えてしまうのが野分の巳之助だ」

小園与力は腕組みを解き、茶を少し啜《すす》った。

北町奉行所の小さな書院だ。

切絵図を開き、このたびの押し込みについて話を始めたところだ。

「わっと襲ってきて、過ぎ去ったらもう気配もない。そのあたりが『野分』の名の由来で」

春田同心が言った。

「前にも押し込みの場に『巳』の一字を遺したことがある。野分の巳之助のしわざであるのは、まず間違いのないところだな」

小園与力が切絵図の一角を指で示した。

南新堀の池田屋だ。

「このたびは、ねぐらをどこに構えてやがるか」

春田同心があごに手をやった。

「前回は、銘茶《めいちゃ》問屋の隠居に物の見事にやつしていやがったからな」

小園与力が舌打ちをした。

「扱っていた茶も上物《じょうもの》だったとか」

と、春田同心。

「そうだ。そこまで抜かりがねえやつだ」

小園与力はそう言うと、茶をまた啜った。

「いかにも悪党が住み着きそうな無住の寺とかなら、網にもかかりやすいんですが」

春田同心も湯呑みに手を伸ばす。

「池田屋の押し込みは終わったが、まだ江戸のどこかにいて、次の押し込みを狙っているに違いない。ここが勝負だぞ」

小園与力の声に力がこもった。

「はい、それは重々」

と、春田同心。

「おめえんとこの手下はどうだ。ここで役に立たぬか」

小園与力は頭に手をやった。

身ぶりで烏帽子《えぼし》を示す。

「うーん……」

春田同心は腕組みをした。

「あいつなら、知恵を出してくれるかもしれません」

公家隠密の顔を思い浮かべながら答える。

「ぜひ訊《き》いてみてくれ。次の押し込みを未然に防ぎ、野分の巳之助をお縄にせねばな」

小園与力が引き締まった顔つきで言った。

「承知しました」

春田同心が気の入った声で答えた。

四

「何にやつしているか分かれば、それがいちばんでありゃあすな」

公家隠密はそう言うと、いい音を立てて蕎麦《そば》を啜った。

東西館からは少し歩いたところにある蕎麦屋だ。角《かど》が立った、なかなかに筋のいい蕎麦を出す。

「それはそうだが、これまでも巧みにやつしていたからな」

春田同心の箸《はし》も動いた。

稽古を終え、野分の巳之助の件を伝えたところだ。

「ここ数年のあいだに、新たなお面をかぶったやつが怪しまれるところでありゃあすが」

公家隠密は思案げな顔つきになった。

「それはそうだが、そういうやつはこの江戸にたんといるだろう」

猪之助が答えた。

「かくなるうえは……」

冷泉為長は次の蕎麦を啜った。

「どうする？」

春田同心が問う。

「しらみつぶしに紙に書き出すのが、急がば回れでおりゃるよ」

公家隠密が答えた。

「紙に書き出す？」

猪之助がいぶかしげに問うた。

「ここ数年のあいだに、急にのれんを出してそれなりの構えになった見世《みせ》や旅籠《はたご》など、むろん居抜きでもいい。いや、そのほうが怪しいでありゃあすな」

冷泉為長はそう言って、残りの蕎麦を啜った。

「なるほど。町方の力をすべて集めて、火消し衆などにも声をかければ、やってやれねえことはねえか」

春田同心はそう答えると、おのれも箸を動かした。

「少ない頭数《あたまかず》で江戸を護《まも》っているのでありゃあすからな。ここも力の見せどころで」

公家隠密が言う。

「そうだな。戻ったらさっそく動こう」

猪之助は蕎麦を平らげると、蕎麦湯の湯桶《ゆとう》に手を伸ばした。

「まろは気を研《と》ぎ澄ませる備えを」

公家隠密はそう言うと、蕎麦湯をゆっくりと呑みだした。

五

町方の動きは迅速《じんそく》だった。

野分の巳之助は悪名高い盗賊だ。これまでにいくたびも煮え湯を呑まされてきた。

町奉行も動いた。

このたびはどうあっても捕縛せよ。

盗賊の一味は一人たりとも逃すな。

そんな命が下された。

与力も同心も、十手《じって》持ちも下っ引きもこぞって動いた。

野分の巳之助はこの江戸のどこかにいる。

巧みに身をやつしている。

その仮の姿は何か。どこに身を潜めているか。

総力を結集して探し出すのだ。

火消し衆と火盗改方《かとうあらためかた》、さらに寺社奉行にも声をかけた。

野分の巳之助には、これまでの押し込みで得た稼ぎがある。近年、新たに再興された寺や神社があれば、そこをねぐらにしているということも考えられなくはない。

とにもかくにも、しらみつぶしだ。

集められた知らせをもとに、帳面にさまざまな名が記された。

見世もあれば、屋敷もある。

旅籠や寺や神社。
ここ数年のあいだに江戸にできたものが、隅々に至るまで書きとめられた。
挙がった名はかなりの数に上った。
帳面は何冊もになった。
「頼むぞ」
帳面の山を、小園与力が手で示した。
「これから届けます」
春田同心が受け取った。
風呂敷で包み、屋敷に持ち帰る。
すでに支度は整っていた。
待ち受けていたのは、公家隠密だった。

六

高天原《たかまのはら》に神留坐《かむづまりま》す
神魯岐《かむろぎ》神魯美《かむろみ》の命《みこともち》以て……

凜《りん》とした声が響いた。

白装束の男が祝詞《のりと》を唱《とな》えている。

天津《あまつ》祝詞だ。

唱えているのは、もちろん公家隠密だ。

居室に盛り塩で結界が張られている。

春田同心はその外で端座《たんざ》し、成り行きを見守っていた。

……天《あめ》の斑駒《ふちこま》の耳振り立てて聞食《きこしめ》せと
恐《かし》こみ恐み白《まを》す

祓串《はらえぐし》が動く。

取り付けられた紙垂《しで》が揺れる。

公家隠密が自らつくった吉田流《よしだりゅう》の紙垂だ。

祝詞が終わり、間ができた。

「支度ができたか」

春田同心が声をかけた。

その前には数冊の帳面が積まれている。

「いや、まだでおりゃるよ」

公家隠密が振り向いて答えた。

「祝詞だけでは足りぬか」

猪之助が問う。

冷泉為長は祓串を置くと、烏帽子を取り上げてかぶった。

「まだ足りぬ」

公家隠密は答えた。

「次は何をする」

春田同心はさらに問うた。

にやりと笑うと、公家隠密は座敷の隅に置いてあったものに歩み寄った。

取り上げる。

「盤双六《ばんすごろく》か」

猪之助がうなずいた。

「これで気を研ぎ澄ませるのでありゃあすよ」

そう答えると、公家隠密は盤を座敷に据えた。

七

盤双六は二人で行う遊びだ。

現在のバックギャモンの原型の一つで、長い歴史がある。

盤は上下それぞれ十二に区切られており、白と黒の駒を十五ずつ用いる。

賽子《さいころ》を二つ、振り筒に入れて振り、出た目に従って駒を動かす。

たとえば三と五なら、一つの駒を足して八動かしてもいいし、二つの駒を三と五ずつ動かしてもいい。

すべての駒を自陣へ先に入れたほうが勝ちになる。後戻りすることはできない。

相手の駒が二つ以上ある升目《ますめ》には進めない。逆に言えば、二つ以上の駒がある升目は安全だ。

駒が一つしかない升目は狙われる。ここに進めば、相手の駒を振り出しに戻すことができる。これを「切る」と呼ぶ。

切られた石を盤に戻さなければ、ほかの駒を動かすことはできない。

相手が置けない升目、すなわち、二つ以上の駒がある升目を続けて六つつくってしまえば無敵だ。賽の目は六つまでしかないから、これを飛び越えることはできない。バックギャモンならフルプライムだ。この戦略を「蒸《む》す」と呼ぶ。

そういったもろもろの戦略も必要とされる遊びだが、このたびの公家隠密は一人で盤に向かった。

振り筒に賽子を入れて振る。

出た目を確認し、また振る。

その繰り返し。

しだいに力がこもってきた。

烏帽子の先から光が放たれているかのようだ。

「三、四！」

公家隠密は声を発した。

賽子を振る。

「おう」

見守っていた春田同心が短い声をあげた。

三と四の目が出ていた。

「二、五！」

そう念じてから、公家隠密は賽子を振った。

二と五が出た。

「凄《すげ》えな」

猪之助がうなった。

最後に、公家隠密は最強の目を出した。

「六、六！」

その声に応えて、六の目が二つ並んだ。

八

機は熟した。

公家隠密は帳面を改めはじめた。

「先に休んでいてくりゃれ。夜なべになるやもしれぬ」

帳面に目を通しながら、公家隠密が言った。

「そうか。では、任せるか」

猪之助が立ち上がった。

「頼むぞ」

そう言い残して、春田同心は去っていった。

すでに行灯《あんどん》に灯が入っている。

冷泉為長はさらに気を集めた。

帳面を改める。

江戸にできて日が浅い見世や寺社や旅籠などが、細大漏らさず記されている。

文字が流れる。

紙が次々にめくられていく。

一冊目が終わった。

間髪《かんはつ》を容《い》れず、次の帳面に移る。

字を改める。

盗賊のねぐらかもしれない場所はどこか、一つずつ改めていく。

やがて……。

公家隠密の指が止まった。

まぶたの裏に賽の目が浮かぶ。

六・六！

最強の目だ。
公家隠密は瞬《まばた》きをした。
ここで間違いないか、わが勘に狂いはないか。
身の内に錨《いかり》を下ろして思案する。
ほどなく、答えが出た。

間違いない。
ここでありゃあすよ。

公家隠密は指さした。
それは、深川《ふかがわ》の旅籠だった。

第七章　新月の晩

一

軒提灯《のきぢょうちん》に灯がともっている。
すでに夜は更けている。
深川のその一帯にともっている灯りはそこだけだった。
あるかたちが浮かびあがっている。
龍だ。
その脇に、小さく旅籠《はたご》の名が記されていた。
昇龍屋《しょうりゅうや》

そう読み取ることができた。

昇龍屋は新参の旅籠だ。のれんを出したのは去年の正月だった。新たに建てた旅籠ではない。以前から旅籠だった。深川では指折りの旅籠だったが、あるじが高齢のために手放すことになった。

粋《いき》な黒塀に見越しの松。燈籠《とうろう》が品よく配置された庭もある。縁側で涼みながら酒肴《しゅこう》を楽しむこともできる構えだ。

かなりの値だったが、どこで聞きつけたのか、買い手はほどなく現れた。

旅籠は装いを改め、昇龍屋ののれんを出した。

そこにも龍が描かれていた。

それぱかりではない。端のほうに、小さく蛇《へび》も描かれていた。巳《み》だ。

なぜそんなものが描かれているのか、謎が解かれたことはない。

奥座敷に灯がともっている。

いくたりかが車座になって、酒盛りをしている。

泊まり客ではない。

昇龍屋に長逗留《ながとうりゅう》している客を装っているが、違う。

なかには悪相の者もいる。ほおに刀傷がある。無精髭《ぶしょうひげ》を生やした、武芸者然とした者もいる。あまり夜には遭遇したくない者たちだ。

その真ん中で、昇龍屋のあるじがあぐらをかいていた。

仮の名をもつ旅籠のあるじ。

その正体は、野分の巳之助だった。

二

「そろそろ次が頃合いだな」

盗賊《とうぞく》のかしらが言った。

「もうやりますかい？」

一の子分が問うた。

「続けざまに稼ぐのがおれのやり方だからな」

野分の巳之助はそう言うと、情婦がついだ酒をくいと呑み干した。

平生《へいぜい》は旅籠のおかみとして愛想を振りまいている女だ。

昇龍屋の半ばは普通の旅籠で、残りの半ばが盗賊のねぐらだ。長逗留の客だといえば怪しまれることはない。

「南新堀でもずいぶん稼いだと思うが」

用心棒の一人が言った。

諸国から集めた用心棒たちが集結している。万が一、捕り方と一戦まじえることになっても、勝算のある陣立てだ。

「池田屋の押し込みは稼ぎになったが、向後、三年くらいのもうけは得たいところだからな」

巳之助が言う。

「かしらは用意周到なので」

「次のねぐらまで目星をつけてますからな」

「ほかのやつには真似《まね》のできねえこって」

手下たちが口々にほめそやした。

「次の呉服問屋を片づけたら、川越《かわごえ》の寺に移る。そちらにはもう手下を遣《つか》わしてあるからな」

野分の巳之助はそう言うと、また盃《さかずき》に手を伸ばした。

「江戸でもうひと稼ぎしておさらばで」

一の子分が言った。

「次の押し込み先はたんまり貯めこんでいやがるそうなんで」

「おれらがみなせしめてやるから」

「使うほうもな。げへへへ」

下卑《げび》た笑いが響いた。

「京橋《きょうばし》の大口屋《おおぐちや》は江戸でも指折りの呉服問屋だ。狙いをつけたのはだいぶ前で備えは堅いが、引き込み役が信を得ているから押し込みはできる」

盗賊のかしらが言った。

「腕が鳴るな」

用心棒の一人が指を鳴らした。

「飛び道具も使いたいところだな」

べつの用心棒が腕を撫《ぶ》した。

「押し込みは次の新月の晩だ。抜かるな」

野分の巳之助がにらみを利かせた。

「へい」

「合点で」

「根こそぎ盗《と》っちめえ」

ほうぼうから声が返ってきた。

しかし……。

その様子は、ある者によって見張られていた。

公儀の御庭番の血筋を引く者だ。

野分の巳之助はどうあっても捕縛せねばならない盗賊だ。

小園与力から北町奉行。北町奉行から幕閣の老中へと申し送りがなされ、しかるべき手が打たれた。

忍びの心得のある者を昇龍屋に遣わし、探りを入れるのだ。

公家隠密も身が軽く、目と耳も常人離れしているが、なにぶん六尺に近い体格だ。天井裏に忍びこんで様子を探るのは向かない。

そこで、適役の者が遣わされた。

御庭番の血筋を引く者は、たしかな証《あかし》をつかんだ。

盗賊が動くのは、次の新月の晩だ。

探りを入れにきた者はひそかに天井裏を出て、静かに庭に降り立った。

そして、闇にまぎれた。

三

師範代の敷島大三郎がひき肌竹刀《はだしない》を打ちこむ。

翌日の東西館だ。

声が響いた。

「とりゃっ」

「てやっ」

受けたのは公家隠密だった。

道場主の志水玄斎が腕組みをして見守る。

もう一人、春田猪之助もいた。

ひき肌竹刀を手にして、いつでも稽古《けいこ》に加われる態勢になっている。

「ていっ」

べつのところから声が響いた。

公家隠密の背後だ。

つねならぬことに、冷泉為長は二人の剣士を同時に相手にしていた。

素早く振り向き、受ける。

間合いを取り、今度は師範代と相対した。

「とりゃっ」

竹刀が触れ合う。

汗が飛び散る。

一度に二人の敵と戦う。

通常は行われない稽古だが、今日の公家隠密は気が入っていた。

盗賊のねぐらは分かった。

次の押し込みは新月の晩だ。そこで捕り網を張れば、一網打尽《いちもうだじん》にできる。町方は俄然《がぜん》、活気づいた。

むろん、公家隠密も陣立てに加わる。言ってみれば、助っ人の大将格だ。

「てやっ」

気の入った声が発せられた。

いざ捕り物になれば、一人で同時に二人以上の敵と相対することになるかもしれない。野分の巳之助一味には用心棒も多数加わっていると聞いた。

　そこで、一度に多くの敵と戦う稽古をすることにした。備えあれば憂《うれ》えなしだ。

「まろを斬《き》るつもりで打ってこりゃれ」

　後ろの相手に向かって、公家隠密は言った。

「はっ」

　門人がすぐさま動く。

「おれも入るぞ」

　猪之助が腰を上げた。

「おう」

　冷泉為長が答えた。

「てやっ」

　門人が後ろからひき肌竹刀を振るった。

　公家隠密は素早く身をかがめた。

　竹刀が空を切る。

　振り向きざまに、抜き胴を放つ。

「ぐっ」

　打たれた門人が声をあげた。

間髪《かんはつ》を容《い》れず、猪之助と打ち合う。

しばらくもみ合い、体を離す。

「せいっ」

今度は師範代が背後から打ちこんだ。

公家隠密は床に片ひざをつき、身をねじって受けた。

すさまじい早業だ。

さらに間合いを取り、三人の相手と戦う。

「とりゃっ」

途中で宙返りも見せた。

火の出るような稽古は、なおしばらく続いた。

四

「大車輪だったな」

春田同心がそう言って、公家隠密に酒をついだ。

東西館の近くの煮売り屋だ。

「なんの。新月の晩はさらに大車輪になりゃあすよ」

厳しい稽古をこなしてきた男はそう答えると、猪口《ちょこ》の酒を呑み干した。

「それがしも、なんとか力に」

敷島大三郎が言った。

「なんとか、ではなく、どうあっても力になってもらわねば」

春田同心がすぐさま言った。

東西館の師範代も捕り方に加わることになっている。いままでいくたびも煮え湯を呑まされてきた盗賊の一味を一網打尽にするには、捕り方は多いほうがいい。

「はっ。微力ながら全力を」

師範代は引き締まった表情で答えた。

「陣立てはできておりゃあすな」

公家隠密はそう言うと、味のしみた厚揚げを口中に投じた。

「さすがにお奉行が出張《でば》るわけにはいかぬゆえ、小園様が総大将だ。火盗改方からも加勢が来る」

猪之助が答えた。

「あとは敵のねぐらに討ち入って召し捕るばかりですね」

大三郎が言った。

「力を出してくりゃれ」

冷泉為長が笑みを浮かべた。

「はっ」

師範代は折り目正しく一礼した。

「敵も総力を結集してくるだろうから、まさに大捕り物だな」

春田同心がそう言って、煮蛸《にだこ》を口に運んだ。

「大口屋に入り込んでいる手下がおりゃあすな」

公家隠密が慎重に言った。

「それは捕り物のあとで」

と、猪之助。

「一人残らずお縄にして、禍根《かこん》を絶たねばならぬところでおりゃるよ」

公家隠密の言葉に力がこもった。

「おう。とにもかくにも、次の新月の晩だな」

春田同心の表情がいちだんと引き締まった。

五

新月の晩——。

深川の旅籠、昇龍屋の大広間に人が集まっていた。

みな黒装束だ。

百匁蠟燭《ひゃくめろうそく》の灯りがあたりを不気味に照らしている。

「時が来たぜ」

よく通る声が響いた。

かしらの野分の巳之助だ。

「抜かりなくやりましょうぜ」

一の子分が言った。

名を辰造《たつぞう》という。

長脇差を握らせれば敵なしの腕前を誇る。

「ここが大きな山だ。抜かるな」

盗賊のかしらが一同を見回して言った。

「おう」

「合点で」

勇んだ声が返る。

「先生方もお願いします」

野分の巳之助が言った。

「心得た」

偉丈夫《いじょうふ》が答えた。

「腕が鳴るわ」

鎖鎌《くさりがま》を構えた者もいる。

「これもあるからな」

用心棒の一人が道具を見せた。

弓だ。

「蔵を破って、小判を洗いざらいせしめてやる」

盗賊が握りこぶしをつくった。

「また大もうけで」

「当分、楽ができるぜ」

手下たちが言う。

「よし、なら、行きましょうか」

一の子分の辰造が言った。

「おう、野分の巳之助のおでましだ」

盗賊のかしらが帯をぽんとたたいて動いた。

大広間を出て、手下とともに庭に下りる。

だが……。

ここで異な声が響いてきた。


かしらっ……


急を告げる声だ。

空耳ではなかった。


かしらっ……

てえへんだっ……

切迫した声が高くなった。

「どうした」

盗賊のかしらの形相《ぎょうそう》が変わった。

ほどなく、見張りに出ていた手下が血相を変えて飛びこんできた。

「かしら、捕り方がっ！」

手下が息せき切って告げた。

「捕り方だと？」

野分の巳之助が目をむいた。

声が響いた。

御用だ！

御用！

高張《たかはり》提灯をかざした捕り方がなだれこんできた。

第八章　鎖鎌《くさりがま》と火矢

一

「われこそは、北町奉行所与力、小園大八郎である」

凜《りん》とした声が響いた。

「野分の巳之助、並びにその一味、池田屋の押し込みの咎人《とがにん》として捕縛する。神妙にいたせ」

小園与力は房飾りのついた十手《じって》をかざした。

「御用だ」

「御用！」

高張提灯《たかはりぢょうちん》が揺れる。

刺股《さすまた》と突棒《つくぼう》を手にした捕り方が構えを取った。

「しゃらくせえっ」

野分の巳之助の悪声が響きわたった。

背に負うていた剣を抜く。

これから呉服問屋の大口屋に押し込み、思うがままに狼藉《ろうぜき》を働くつもりだったのだが、まったくもって意想外な成り行きになった。

盗賊《とうぞく》のかしらは悪鬼のごとき形相《ぎょうそう》になっていた。

「斬《き》ってやれ。こんなところで終わってたまるか」

つばが飛ぶ。

「おうっ。ひるむな」

一の子分の辰造が手下たちを叱咤《しった》した。

「合点で」

「やっちめえ」

向こう見ずな盗賊の手下たちが勇む。

「わしの剣を受けてみよ」

偉丈夫《いじょうふ》の用心棒が、のしっと前へ現れた。

その前に、面妖《めんよう》な姿の捕り方が立ちはだかった。

狩衣《かりぎぬ》に烏帽子《えぼし》。

公家隠密だ。

「邪《よこしま》なる者は、このまろが許さぬ」

そう言うなり、公家隠密は抜刀した。

戦いが始まった。

二

「われこそは、根源一刀流《こんげんいっとうりゅう》、万乗一刀斎《ばんじょういっとうさい》なり」

偉丈夫が名乗りをあげた。

「わが剣を受けられるものなら受けてみよ。きーえーい!」

一刀斎は大上段から剣を振り下ろしてきた。

「てやっ」

公家隠密が受けた。

火花が散る。

勁《つよ》い剣だ。

だが……。

公家隠密にとってみれば、楽に受けられる剣筋だった。

初太刀《しょだち》さえ受けてしまえば、与《くみ》しやすい剣だ。

「とりゃっ」

公家隠密は押し返した。

間合いができる。

「食らえっ」

一刀斎は再び剣を振り下ろしてきた。

「ぬんっ」

これもがしっと受ける。

二度、三度と受けているうちに、敵の弱点が見えた。

すべて上段から振り下ろす剣だ。

しかも、遠回りをする。

脇が開く。

「御用だ」

「御用！」

捕り方の声が響く。

一刀斎はちらりとそちらを見た。

やや息があがっている。

「それで終わりでありゃあすか」

公家隠密が挑発した。

「何をっ」

根源一刀流の遣《つか》い手の声に怒気がこもった。

「覚悟せよ」

そう言うなり、一刀斎はまた剣を振り上げた。

いまだ。

公家隠密は素早く背を丸めた。

踏みこむ。

抜き胴を放つ。

手ごたえがあった。

「うぐっ」

声がもれた。

公家隠密はすぐさま体勢を入れ替えた。

斬る。

袈裟《けさ》懸《が》けに斬る。

根源一刀流の遣い手の眉間《みけん》が割れた。

鮮血がほとばしる。

ややあって、万乗一刀斎は朽《く》ち木のように倒れていった。

そして、動かなくなった。

三

「神妙にしろ」

春田猪之助同心が十手を構えた。

「死ねっ」

盗賊の手下が刃物を振り下ろしてくる。

春田同心は間一髪でかわした。

「助太刀いたす」

よく通る声が響いた。

敷島大三郎だ。

「おう」

猪之助は道場の師範代に譲った。

「てやっ」

大三郎はすぐさま剣を振るった。

気の入った剣だ。

「ぐえっ」

首筋を打たれた手下が目をむいた。

峰打ちだが、まともに打たれてはひとたまりもない。

「御用だ」

倒れた手下の上に、捕り方が馬乗りになった。

早業で縛り上げる。

「逃すな。捕縛せよ」

小園与力の声が響いた。

「はっ」

「御用だ」

捕り方が勢いづいた。

「何をしている。斬って斬って斬りまくれ」

野分の巳之助が胴間声《どうまごえ》を張り上げた。

「合点で」

「どきやがれ」

手下たちが長脇差を振り上げる。

いくさはさらに続いた。

四

「おれが相手だ」

公家隠密の前に、また新たな敵が立ちはだかった。

鎖鎌を手にした用心棒だ。

「われこそは碇大丈《いかりだいじょう》、うぬが命運、尽きたと知れ」

そう名乗った用心棒は鎖の先についた分銅《ふんどう》を廻しはじめた。

廻る、廻る、分銅が廻る。

ひゅんひゅんひゅんひゅん……

風を切る不気味な音が響いた。

「とりゃっ」

分銅は公家隠密めがけて投ぜられた。

「てやっ」

とっさに後ろへ宙返りしてかわす。

烏帽子が落ちた。

豊かな冠下《かんむりした》の髷《まげ》が現れる。

「そりゃっ」

またしても分銅が飛んできた。

これもかわす。

間合いを取って、刀を構える。

その刀を狙って、分銅がうなる。

ひゅんひゅんひゅんひゅんひゅん……

回転がいちだんと速くなった。

「受けてみよ」

碇大丈が言った。

次の刹那《せつな》――。

鎖鎌の分銅は、公家隠密の剣に、がしっと絡《から》みついた。

「うっ」

思わずうめき声がもれた。

敵の鎖は、二重三重に剣に絡みついていた。

ここを先途《せんど》と、碇大丈が間合いを詰めてきた。

鎌を手にしている。

その刃《やいば》で公家隠密の首を掻き切るつもりだ。

公家隠密の力をもってしても、がっしりと絡みついた鎖をふりほどくことはできなかった。

鎌が迫る。
その刃が目睫《もくしょう》の間《かん》に迫ったとき、公家隠密が動いた。
意のままになる体の一部が敏捷《びんしょう》に動いた。
ひざだ。
蹴鞠《けまり》で鍛えたひざが、鎌を握る碇大丈のあごをしたたかに打った。
「ぐわっ」
悲鳴が放たれた。
力がゆるんだ。
「とりゃっ」
今度はひじが動いた。
敵の眉間を一撃で割る。
鎖鎌を持つ手の力が弱まった。
少し遅れて、眉間から血がほとばしった。
「せいっ」
公家隠密の足が動いた。
今度は廻し蹴りだ。

後ろ頭をしたたかに打たれた敵が目をむいた。

鎖が外れた。

自由になった刀を握り直すと、公家隠密は一刀で斬って捨てた。

今度は悲鳴も放たれなかった。

碇大丈はその場にがっくりと頽《くずお》れて、死んだ。

五

「何をしておる！」

盗賊のかしらが業《ごう》を煮やして叫んだ。

「御用だ」

「御用！」

捕り方の刺股が同時に突きつけられた。

「しゃらくせえ。どけっ」

野分の巳之助は長脇差を振り回した。

蹴りも見舞う。

刺股をつかみ、思い切りねじって取り上げる。

獅子《しし》奮迅《ふんじん》の立ち回りだ。

「辰造！」

一の子分に声をかける。

「斬ってやれ。皆殺しだ」

盗賊のかしらは手下を叱咤した。

「合点で」

辰造は踏みこんだ。

その前に、春田同心が立ちはだかった。

敷島大三郎もいる。

捕り方も加勢する構えだ。

「神妙にしろ」

猪之助が肚《はら》から声を発した。

「御用だ」

「御用！」

捕り方が間合いを詰める。

かんっ、と音が響いた。

春田同心が十手で剣を弾き返したのだ。

いざというときには力を見せる。

「ぬんっ」

東西館の師範代が剣を振るった。

もはや峰打ちではない。

斬った。

「ぐえっ」

辰造がうめいた。

首筋を深々と斬られている。

「御用だ！」

「神妙にしろ」

捕り方が群がった。

盗賊の手下を後ろ手に縛ろうとする。

一の子分はもう虫の息だった。

「かしら……」

弱々しい声がもれた。

「引っ立てえ」

目を止めた小園与力が命じた。

捕縛された辰造は、ほどなく絶命した。

六

公家隠密の前に、また一人用心棒が現れた。

だが……。

尋常《じんじょう》な敵ではなかった。

その用心棒は剣を握っていなかった。

素手で戦うのではない。

武器は手にしている。

ただし、剣ではなかった。

鎖鎌でも槍《やり》でもない。

用心棒が引き絞っているのは、弓だった。

火矢が番《つが》えられている。

それは、公家隠密に狙いを定めていた。

「覚悟せよ」

用心棒が言った。

「来い」

公家隠密は両手で構えを取った。

あろうことか、放たれた火矢を素手でつかむ構えだ。


飛ぶ矢はない。

すべて止まっているのでありゃあすよ。


公家隠密はそう観じていた。


飛んでいる矢は、一刹那一刹那を動く。

一点、また一点。

そのつらなりが線になり、動きになる。

いや、動いているように見える。

その一点一点に就《つ》いてみれば、矢は止まっている。


飛んでくる矢をつかむのはたやすい。

なにしろ、矢は止まっているのでありゃあすからな。


公家隠密は臍下《せいか》丹田《たんでん》に力をこめた。

「死ねっ」

矢が放たれた。

冷泉為長は瞬《まばた》きをした。

その手が動く。


いまだ!


公家隠密は両手を合わせた。

手ごたえがあった。

鋭く放たれた火矢は、しっかりとそこで止まっていた。
炎が目の前で揺れたが、顔面には届かなかった。
「ていっ」
気合一閃《いっせん》、公家隠密はつかんだ火矢を投げ捨てた。
すぐさま間合いを詰める。
矢を放った用心棒の顔に恐怖の色が浮かんだ。
しかし……。
それは長くは続かなかった。
公家隠密の剣が振るわれたのだ。
「とりゃっ」
横ざまに振るう。
凄《すさ》まじい力だ。
用心棒の首が飛んだ。
それはほどなく、鈍い音を立てて地面に落ちた。
その顔にはまだ恐れの色が張りついていた。

七

「残らず引っ捕らえよ」

小園与力の声が高くなった。

「はっ」

「承知で」

捕り方が機敏に動く。

「神妙にしな」

また一人、春田同心が手下を捕縛した。

「とりゃっ」

敷島大三郎の剣もうなる。

盗賊の手下は、一人また一人と倒れていった。

「おのれっ」

野分の巳之助が声を張り上げた。

一の子分の辰造は死んだ。

諸国から集めた用心棒たちは次々に成敗《せいばい》された。

残るは首魁《しゆかい》だけだ。

「野分の巳之助、観念せよ」

小園与力が十手をかざした。

「御用だ」

「御用！」

捕り方が勇む。

「そろそろ年貢《ねんぐ》の納め時でありゃあすな」

公家隠密が間合いを詰めた。

「ほざくな」

盗賊のかしらは、そう言うなりふところに手を入れた。

抜く。

それは短刀ではなかった。

「うっ」

見守っていた春田同心が思わずうめいた。

盗賊のかしらが取り出したのは、短銃《たんづつ》だった。

第九章　夜空を翔《と》べ

一

「動くな」

野分の巳之助が言った。

銃口の狙いを定める。

舶来の短銃《たんづつ》だ。

狙っていたのは、公家隠密だった。

心の臓に一撃を食らわせようとしている。

「為長……」

春田猪之助が息を呑んだ。

公家隠密は絶体絶命、その命は風前の灯火《ともしび》であるように見えた。

しかし……。
冷泉為長は動じていなかった。
静かに剣を構えていた。
矢も弾丸も同じなり。
公家隠密はそう観じていた。
あらゆる矢が止まっているのなら、弾も同じでありゃあすよ。
さあ、撃ってみりゃれ。
間合いが詰まった。
「おめえもこれでお陀仏《だぶつ》だ」
盗賊《とうぞく》のかしらが銃口を向けた。
その一点を、冷泉為長は凝視した。
一度だけ瞬《まばた》きをする。

その眼裏《まなうら》に、あるものが浮かんだ。

賽《さい》の目だ。

それしか逆転できぬ、乾坤一擲《けんこんいってき》の出目が浮かんだ。

六・六！

「死ねっ」

盗賊のかしらが引き金を引いた。

バンッ！

耳障《みみざわ》りな音が響いた。

猪之助は目を閉じた。

やられた。

撃ち抜かれてしまった。

そう覚悟したのだ。

だが……。

悲鳴は響かなかった。


カンッ！


響いたのは、乾いた音だった。

公家隠密の剣は、敵が放った弾丸を物の見事に弾き返していた。

二

「当たらぬ」

公家隠密は傲然《ごうぜん》と言い放った。

「邪《よこしま》なる者の弾は、まろには当たらぬ」

さらに間合いを詰める。

野分の巳之助の顔に焦《あせ》りの色が浮かんだ。

次の弾を込めるいとまはない。

「ならば……」

短銃をしまうと、野分の巳之助は長脇差を振りかぶった。

「斬《き》るまでよ」

そう言うなり、盗賊のかしらは大上段から打ちこんできた。

「ぬんっ」

公家隠密は正面から受けた。

押し返す。

顔が近づいた。

追い詰められた盗賊のかしらは阿修羅《あしゅら》の形相《ぎょうそう》だった。

体が離れた。

「とりゃっ」

野分の巳之助が斬りこんでくる。

「せいっ」

これもしっかりと受け、間合いを取る。

公家隠密の身中《みぬち》に力がわいた。

「悪《あ》しき者は……」

構えが変わった。

上段だ。

「まろが斬る」

凛《りん》とした声が響いた。

「ぬかすな。食らえっ」

盗賊がまた斬りこんできた。

受ける。

撥《は》ねあげ、間合いを取る。

身の深いところから、またしても言霊《ことだま》がわいてきた。

「吹くからに……」

声を発する。

それに応えるかのように、風が吹いた。

公家隠密と盗賊のかしらのあいだを、つむじ風が吹き抜けていく。

「秋の草木のしをるれば……」

小倉百人一首、文屋康秀《ふんやのやすひで》の歌だ。

「黙れっ」

業《ごう》を煮やしたように叫ぶと、野分の巳之助はまた打ちこんできた。

火花が散る。

また間合いができた。

「むべ山風を……」

風がさらに強くなる。

公家隠密の冠下《かんむりした》の髷《まげ》を揺する。

「あらしといふらむ……」

声が高くなった。

公家隠密は、やにわに地面を蹴《け》った。

垂直に跳び上がる。

天狗《てんぐ》さながらの姿だ。

「きえーい！」

刀が振り下ろされた。

入魂《にゅうこん》のひと振りだ。

「ぐわっ！」

悲鳴が放たれた。

公家隠密の剣は、悪名高き盗賊の頭を物の見事にたたき割っていた。

「おう」

春田同心が声をあげた。

小園与力が息を呑む。

「とりゃっ」

公家隠密は、さらにひざ蹴りも見舞った。

蹴鞠《けまり》で鍛えた公家隠密のひざは、一撃で盗賊のあごを砕いた。

「ぐえっ」

嫌な声が放たれた。

野分の巳之助はあお向けに倒れた。

公家隠密は再び剣を構えた。

「慈悲でおりゃるよ」

そう言い放つと、瀕死《ひんし》の盗賊の心の臓に狙いを定めた。

上から突き刺す。

渾身《こんしん》のひと刺しだ。

「ぐえええええっ！」

断末魔《だんまつま》の悲鳴が放たれた。

悪党の命運はここで尽きた。
二、三度身をふるわせると、野分の巳之助は静かになった。

三

盗賊のかしらは絶命した。

手下も用心棒たちもすべて退治された。

「終わったな」

春田同心が言った。

「いや、まだでおりゃるよ」

公家隠密は冷静に言った。

「まだだと？」

猪之助はいぶかしげに問うた。

「今夜、押し込む手はずだった大店《おおだな》に手下がいりゃあすよ」

冷泉為長が答えた。

「そうか。京橋の大口屋か」

春田同心がひざを打った。

「そちらは頼む。捕り方も付けよう」

盗賊のかしらのむくろを検分していた小園与力が言った。

「承知しました」

猪之助は力強くうなずいた。

「まろも行くぞ」

公家隠密が言った。

「おう、頼む」

春田同心が少し表情をやわらげた。

敷島大三郎も名乗りを挙げた。

「それがしも」

「なら、仕上げはわが道場でいきゃあすか」

公家隠密が笑みを浮かべた。

「おう」

「承知で」

道場仲間がいい声で答えた。

「頼むぞ」

小園与力が公家隠密に言った。

「心得た、でおりゃるよ」

冷泉為長が右手を挙げた。

四

走る、走る、公家隠密が走る。

走る、走る、春田同心も走る。

深川の昇龍屋から京橋の大口屋へ、捕り方を従えて走っていく。

韋駄天《いだてん》自慢の町方の者を先に発《た》たせた。

呉服問屋につなぎ、捕り物の根回しをするためだ。

野分の巳之助の手下は、正吉《しょうきち》という仮の名で大口屋に奉公していた。あるじとおかみの信頼は厚く、わずか三年で手代頭《がしら》になった。

むろん、それは押し込みのための仮の顔だ。この男をそのままにしておくことはできない。

新月の晩、捕り方は京橋へ急いだ。

やがて……。

目指す呉服問屋に着いた。

大口屋だ。

見世《みせ》の前に人影が見えた。

「ん？　何だあれは」

春田同心が瞬きをした。

「いかん」

冷泉為長の表情が変わった。

「灯をかざせ」

春田同心が命じた。

「はっ」

捕り方が二人、「御用」と書かれた高張提灯《たかはりぢょうちん》をかざして前へ進んだ。

人影が鮮明になる。

「うっ」

猪之助がうめいた。

賊の姿が見えた。

それればかりではない。

盗賊の手下は、娘に刃物を突きつけていた。

五

「寄るな」

正吉と名乗っていた悪党が鋭く言った。

それはもう実直なお店者のお面をかぶった男ではなかった。本性がむきだしになっている。

その短刀は、娘ののど元にしっかりと突きつけられていた。

寄らば、切る。

そんな悪しき気が発せられていた。

「あ、相済みません」

くぐり戸から男が出てきて頭を下げた。

いち早く大口屋へ向かった町方の捕り方だ。

どうやら見世の者に伝える段でしくじりがあり、盗賊の手下の知るところとなってしまったらしい。

「ちっ」

春田同心が舌打ちをした。

せっかくかしらが成敗《せいばい》されたというのに、最後にこんな仕儀に陥ってしまうとは。

「刀を捨てろ」

抜刀した公家隠密に向かって、悪党が言った。

「言うことを聞かなきゃ、こいつの命はねえぜ」

正吉と名乗っていた悪党が凄《すご》む。

「為長」

春田同心が見た。

「うむ」

公家隠密はひと呼吸置いて刀を納めた。

「下手《へた》な真似《まね》をしやがったら、ぐさっとのど笛をかききってやるぜ」

悪党が言った。

「おさよ」

くぐり戸からあるじとおぼしい男が出てきた。

娘に声をかける。

「金は出す。娘を放してくれ、正吉」

大口屋のあるじは仮の名で呼んだ。

「金か」

実直な手代頭のふりをしていた男が思案げな顔つきになった。

「駕籠《かご》を一挺《ちょう》、手配しな。それから百両用意しろ」

悪党はそう命じた。

「百両か。出してやる。そうすれば、おさよを放してくれるな？」

呉服問屋のあるじが問うた。

「とにかく、用立てるのが先だ。早くしな」

もと正吉が身ぶりをまじえた。

「どなたか駕籠屋に」

必死の面持《おもも》ちで、大口屋のあるじが言った。

「それがしが走りましょう」

敷島大三郎がつなぎ役を買って出た。

いざというときには頼りになる男だ。

「急げ」

悪党が言った。

春田同心が公家隠密に歩み寄った。

「娘を放すと思うか」

小声で問う。

「まず放すまいて」

冷泉為長は首を横に振った。

「人質に取るつもりか」

と、猪之助。

「そうでありゃあすな。まず駕籠に押しこめ、おのれも乗っていこうとするのが本筋でおりゃるな」

公家隠密はそう読んだ。

「なら、その駕籠の後をつけるか」

春田同心が問う。

「いや」

公家隠密はすぐさまさえぎった。

「それは剣呑《けんのん》でありゃあすな。もそっと早く決着をつけたきもの」

「どうやって決着をつける」

猪之助がさらに声をひそめた。

公家隠密は指を上に向けた。

「今夜は新月、空を舞う鳥の姿は絶無でおりゃるよ」

謎めいたことを口走る。

「空を舞う鳥?」

春田同心は夜空を見上げた。

たしかに、どこにも鳥影を認めることはできなかった。

六

提灯の灯りが近づいてきた。


はあん、ほう……

はあん、ほう……


駕籠屋の掛け声がだんだん大きくなってきた。

「まもなく到着します」

敷島大三郎の声が響いた。

駕籠の脇を併走している。

「番頭さん、あれを」

大口屋のあるじがくぐり戸のほうへ声をかけた。

「はい」

風呂敷包みを手にした男が現れた。

どうやら百両が包まれているようだ。

駕籠がついた。

まだ空駕籠だ。

「見せてみな」

悪党が言った。

「お渡ししろ」

大口屋のあるじが命じた。

「はい」

番頭はおっかなびっくり近づくと、風呂敷包みを渡した。その手は小刻みにふるえていた。

悪党が中を改める。

本物である証《あかし》を得るために、残党は小判を噛《か》んだ。

間違いない。本物だ。

「もらってくぜ」

悪党は風呂敷包みをふところに入れた。

「おさよを放してくださいまし」

父が切迫した口調で言った。

「おっと、そうはいかねえ」

悪党は鼻で嗤《わら》った。

「大事な人質だ。一緒に駕籠に乗ってもらうぜ」

そううそぶく。

「そ、それは約が違うぞ、正吉」

大口屋のあるじの顔つきが変わった。

「だれが約をした、馬鹿者めが」

本性を現した悪党が言った。

「さあ、歩け。駕籠に乗るんだ」

悪党は刃物を突きつけた娘をうながした。

一瞬、隙ができた。

それまでは周りに注意を払っていた悪党の気がわずかにゆるんだ。

いまだ！

公家隠密は大地を蹴った。
両足で蹴り、宙に舞う。
そのまま虚空で後転し、再び着地の勢いで宙に舞い上がる。
軽業師《かるわざし》のごとき離れ業だ。
音を立てることなく、公家隠密は後転を繰り返しながら悪党と娘に近づいていった。
姿は見えない。気配もない。
翔《と》ぶがごとき動きだ。
虚空を回転しながら、公家隠密は気を研《と》ぎ澄ませていた。

そこだ。

着地すると、冷泉為長は渾身の蹴りを繰り出した。
かかと落としだ。
娘を先に駕籠へ押しこめた悪党が、おのれもちょうど乗りこもうとしたところだった。

公家隠密のかかとが悪党の脳天をとらえた。

「うぐっ」

悪党が目をむいた。

「てやっ」

今度は公家隠密の手が動いた。

悪党の手首をつかみ、刃物をたたき落とす。

間髪《かんはつ》を容《い》れず、拳《こぶし》を見舞う。

それは悪党の鼻を一撃でたたきつぶし、歯を飛び散らせた。

「うわあっ」

「何でえ」

駕籠屋が腰を抜かす。

「捕り方っ」

春田同心が声をあげた。

それに応えて、捕り方が動いた。

「御用だ」

「御用！」

たわいなく伸びてしまった悪党は後ろ手に縛られた。

ふところの百両はすぐさま大口屋へ返された。

「おさよ」

父の目がうるんだ。

「お父さん」

おさよはその胸に泣きながら飛びこんだ。

第十章　かわら版と芝居

一

「とりゃっ」

春田猪之助がひき肌竹刀《はだしない》を打ちこんだ。

「ぬんっ」

敷島大三郎が受ける。

東西館の稽古《けいこ》だ。

奥では道場主の志水玄斎が腕組みをして見守っていた。

「まっすぐ打ってくりゃれ」

冷泉為長が言った。

門人に稽古をつけているところだ。

「はっ」

若い門人が打ちこんできた。

「そう」

公家隠密がいい声で答えた。

「とりゃっ」

「せいっ」

春田猪之助と敷島大三郎の稽古が続く。

決して派手さはないが、どちらも手堅い剣だ。

「もそっとひざをえませ」

公家隠密が門人に告げた。

えます、とは柳生新陰流ならではの教えだ。

余裕を持たせる、と言い換えることもできるだろう。体に無駄な力が入っていれば動きが硬くなり、自在な動きが難しくなってしまう。

ひざをえましていれば、そのわずかな余裕がとっさの動きを可能にしてくれる。

敵の剣を間一髪で受けたりかわしたりすることができる。それが新陰流の極意だ。

「はっ」

若い門人が少し無駄な力を抜いた。

「とおっ」

公家隠密が打ちこむ。

「せやっ」

門人が受けた。

ぱしーん、といい音が響く。

志水玄斎がうなずいた。

ややあって、相手が変わった。

冷泉為長と春田猪之助。

敷島大三郎と若い門人。

その組み合わせになった。

「あれを見せてくれ」

しばらく打ち合ってから、春田同心が言った。

「あれと言うと？」

公家隠密が問う。

「大口屋の娘さんが駕籠《かご》に乗せられそうになったとき、うしろへとんぼを切りながら近づいて助けただろう？　あれだ」

猪之助は答えた。

いったい何が起きたのか、あのときは分からなかったが、あとから聞いて腑《ふ》に落ちた。その離れ業を見たかった。

「おう」

冷泉為長は短く答えた。

ひき肌竹刀を置くと、公家隠密はやにわにうしろへ宙返りを見せた。

床に着地するや、すぐさままたうしろへ回る。

その繰り返し。

まったく音が響かない。

軽業師《かるわざし》も顔負けの身のこなしだ。

「てやっ」

公家隠密は向き直って着地し、両手で構えを取った。

「お見事」

猪之助が笑みを浮かべた。

ただし、道場主は表情を変えなかった。

「剣術はまじめに励むべし」

志水玄斎が言った。

「はっ」

公家隠密は神妙な面持《おもも》ちで答えた。

二

「家主どののせいで叱《しか》られてしもうたわ」

冷泉為長が苦笑いを浮かべた。

「すまぬな。見たかったもので」

猪之助が軽く頭を下げた。

「眼福《がんぷく》でございました」

敷島大三郎が表情をゆるめた。

東西館に近い、いつもの煮売り屋だ。

夏につき、みな冷や酒だ。井戸水で冷やしてあるから、いい暑気払いになる。

「まあしかし、これにて一件落着でおりゃるな」

公家隠密はそう言うと、よく煮えたじゃがたら芋《いも》を口中に投じた。

「そうだな。残党がいねえかどうか、しらみつぶしに探ってみたが、野分の巳之助の一味は残らず退治されたようだ。情婦もお縄になった」

春田同心が満足げに言った。

こちらはあぶった干物を肴《さかな》に呑んでいる。

「次のねぐらなどは？」

冷泉為長が訊《き》いた。

「それも抜かりなく手を打っていやがった。川越の無住の寺を買い取って、移り住む算段だったようだが、おのれが無縁仏になっちまったら世話ねえや」

春田猪之助はそう言って、酒を少し啜《すす》った。

「何にせよ、大口屋は難を免《まぬが》れてよかったですね」

師範代が言った。

「おう。あるじと娘が礼を言いたがってるそうだ。おれが書き物で奉行所にいる日を伝えておいた。ことによると、うちにも来るかもしれねえ」

春田同心が言った。

「ならば、その日は屋敷でわらべたちの相手でおりゃるな」

公家隠密が白い歯を見せた。

「頼むぜ、為長」

猪之助も笑みを返した。

「素麵《そうめん》ができますが、いかがでしょう」

煮売り屋のあるじが水を向けた。

「いいな。くんな」

春田同心がすぐさま答えた。

「では、まろも」

公家隠密も続く。

「それがしもいただきましょう」

敷島大三郎の手も挙がった。

「承知で」

ねじり鉢巻きのあるじはさっそく手を動かしだした。

ややあって、素麵ができた。

丼《どんぶり》に茹《ゆ》でた素麵を盛り、冷たい井戸水を張る。

薬味は刻み葱《ねぎ》におろし生姜《しょうが》、切り胡麻《ごま》に削り節。

それだけあれば充分だ。

「うん、うまい」

さっそく啜った春田同心が言った。

「夏は素麺にかぎりますな」

敷島大三郎が満足げに言った。

「これもまた口福《こうふく》の味でありゃあすな」

公家隠密はうなずくと、また素麺に箸《はし》を伸ばした。

三

大口屋のあるじの茂兵衛《もへえ》は、娘のおさよと番頭を連れて北町奉行所に姿を現した。

春田同心のみならず、小園大八郎与力も書院で出迎えた。

「このたびは、手前どもの見世《みせ》をお護《まも》りいただいたばかりか、娘の命を助けていただき、まことにもってありがたく存じました」

紋付き袴《はかま》に威儀を正した大店《おおだな》のあるじが深々と頭を下げた。

「ありがたく存じました」

おさよも一礼する。

「何事もなくて重畳《ちようじよう》だったな」

小園与力が言った。

「おかげさまで」

大口屋茂兵衛がまた頭を下げる。

実直そうな番頭も一緒に礼をした。

「具合はどうだ。調子が悪くなってはいないか」

小園与力がおさよを気づかった。

「はい……大丈夫でございます」

おさよはややあいまいな顔つきで答えた。

「あれから、いささか眠りが浅く、夢にうなされることもあるようです」

父が言葉を添えた。

「そうか。無理もあるまい」

小園与力がうなずく。

「もうみな捕まったから安心しな」

春田同心が笑顔を見せた。

「ありがたく存じます」

まだ硬い表情で、おさよは頭を下げた。

「ともかく、このたびは町方の皆々様のご尽力で、手前どもの身代と娘の命が護られました。つきましては、まことに些少《さしょう》ではございますが……」

大口屋のあるじはふところから袱紗《ふくさ》を取り出した。

「これは手前どもの気持ちでございます。どうかお納めくださいまし」

茂兵衛は少し芝居がかったしぐさで袱紗を前に差し出した。

「そうか。気張ってくれた捕り方の労をねぎらうことにしよう」

小園与力はそう言うと、袱紗を開いて中を改めた。

「これはいささか多いな。こんなによいのか」

大口屋のあるじに言う。

「はい。百両を奪われるところでしたので、それに比べれば微々たる金子《きんす》で」

茂兵衛は笑みを浮かべた。

「では、ありがたく頂戴することにしよう。捕り方にうまいものを食わせ、刺股《さすまた》などの捕り具を新たに購《あがな》い、人員を増やすことにも使えよう」

小園与力がきびきびと言った。

「どうぞお使いくださいまし」

大口屋のあるじは一礼してから続けた。

「ところで、娘が駕籠に押しこめられそうになったときに助けていただいた方にもぜひひとも御礼を申し上げたいのですが」

茂兵衛はそう申し出た。

「それなら、いまうちの屋敷に。わが店子《たなこ》なので」

春田同心がすぐさま答えた。

「では、これから参ります」

大口屋のあるじが言った。

「わたしも参ります」

おさよが芯のある声で言った。

かくして、段取りが決まった。

四

「えいっ」

わらべの声が響いた。

兄の左近だ。

弟の右近とともに小ぶりのひき肌竹刀を握り、裏の庭で稽古をしているところだ。

「もそっと腰を」

公家隠密の声が響いた。

小半刻（約三十分）前まではべつの声が響いていた。

子《し》、曰《のたま》わく……

『論語《ろんご》』の素読《そどく》だ。

寺子屋の師匠のように学問を教え、道場の師範のように剣術を教える。それが冷泉為長の役どころだ。

「えいっ」

また左近が打ちこんだ。

「よし。右近も」

弟に言う。

「とりゃっ」

五つのわらべが打ちこんだ。

「掛け声はよかったけど」

見守っていた多美が笑った。

わらべが振り下ろした竹刀はあまりにも弱々しかった。

「背筋を伸ばし、腰を入れて打ってみりゃれ」

冷泉為長が手本を見せた。

「はいっ」

右近がまた打ちこむ。

今度は前よりいくらかましだった。

「まあ良いであろう」

公家隠密がしぶしぶ言ったとき、人の気配がした。

「おう」

春田同心が右手を挙げた。

そのうしろには、大口屋のあるじと娘がいた。

五

「このたびは、娘の命を救っていただき、まことにありがたく存じました。これは些少ではございますが、お納めくださいまし」

紹介が終わったあと、大口屋茂兵衛が座敷で袱紗に包んだものを差し出した。

「まろにか」

冷泉為長は気乗り薄に答えた。

「さようでございます。大恩ある冷泉為長さまに対して、少額で恐縮でございますが」

呉服問屋のあるじは袱紗に手を添えた。

「まろは、いらぬ」

公家隠密は右手を振った。

「いらぬのか。欲がねえな」

猪之助が苦笑いを浮かべた。

「この先、江戸で何か災いが起きたとき、その金子を炊《た》き出しなどに使ってやってたもれ」

公家隠密はそう言った。

「承知いたしました」

茂兵衛はていねいに一礼した。

「冷泉為長さまの高潔《こうけつ》な志《こころざし》、この大口屋、しかと受け止めました。江戸で災いが起きたときは、炊き出しを行い、お困りの皆様にふるまわせていただきます」

呉服問屋のあるじがきっぱりと言った。

「その意気でありゃあすよ」

公家隠密は笑みを浮かべた。

「炊き出しなら、わたしも手伝います」

おさよが言った。

「おまえもか」

父が驚いたように娘を見た。

「はい。助けていただいた命なので」

薄紙が一枚剝《は》がれたような顔つきで、おさよが言った。

「よき心がけでおりゃるよ」

公家隠密はあたたかいまなざしで言った。

「気張ってくださいましな」

ずっと見守っていた多美が情のこもった声をかけた。

「はい」

おさよはしっかりとうなずいた。

六

その日の春田屋敷は千客万来だった。

大口屋のあるじと娘が去ってほどなく、特徴のあるご面相の男が姿を現した。

戯作者《げさくしゃ》の蔵臼錦之助《くらうすきんのすけ》だ。

本業の戯作ではいま一つぱっとしないが、芝居の脚本やかわら版や引札《ひきふだ》（広告）

の文案づくり、果ては顔を見たら泣きだすわらべもいる異貌《いぼう》を生かした因果物《いんがもの》の呼び込みなど、幅広く活躍している才人だ。

「奉行所へ行ったら、こちらへお戻りだと聞いたもので」

かねて見知り越しの戯作者が不気味な笑みを浮かべた。

「ことによると、かわら版の聞き込みですかな」

春田同心がたずねた。

「ご明察」

蔵臼錦之助は芝居がかったしぐさをした。

「さらに、芝居の脚本づくりの聞き込みも」

そう言い添える。

「なら、さっそく」

猪之助が答えた。

公家隠密は裏手で蹴《け》りの鍛錬《たんれん》をしていた。

松の枝に吊るした米俵《こめだわら》めがけて、きれいな回し蹴りを繰り出す。

ばしーん、と小気味いい音が響いた。

ちょうど絵師の橋場仁二郎が筆を動かしていた。

紙の中で公家隠密が躍動している。

「やってますな」

蔵臼錦之助が笑みを浮かべた。

「これはこれは、先生」

冷泉為長が額の汗をぬぐった。

「大立ち回りで盗賊《とうぞく》を退治されたとか。さすがのご活躍で」

戯作者が言った。

「なに、捕り方の加勢あってでありゃあすよ」

公家隠密は謙遜《けんそん》して言った。

「で、さっそくながら……」

蔵臼錦之助は縁側に腰かけて、巾着《きんちゃく》から帳面と矢立《やたて》を取り出した。

「かわら版と芝居の聞き込みだそうだ」

猪之助が言った。

「また芝居でおりゃるか」

公家隠密はややあいまいな顔つきで言った。

前にも捕り物に基づく芝居で主役を演じ、好評を博したことがある。演じているときはまんざらでもなさそうだが、むやみに名が上がるのは据わりの悪い心地もするらしい。

「江戸じゅうの評判になりましょう。まずは、かわら版から」

蔵臼錦之助は帳面を開いた。

「では、わたしが挿絵《さしえ》を」

橋場仁二郎が筆をかざした。

「それはぜひお願いいたします」

戯作者がしたたるような笑みを浮かべた。

それからひとしきり聞き込みが続いた。


ほう、それは。

絵になりますな。

芝居の見せ場がまた一つ。

これは間違いなく当たりますぞ。

蔵臼錦之助は折にふれて言葉をはさみながら筆を動かしていた。

聞き込みは進み、最後の大口屋の娘を救う段になった。

「それはぜひ実演を」

戯作者がうながした。

「絵師の腕の見せどころで」

橋場仁二郎が腕を撫《ぶ》す。

「では、さらりと」

冷泉為長が太腿をたたいた。

ここで榎本孝斎が見物に出てきた。藪《やぶ》医者はいつも暇だ。

多美も二人の子をつれて見にきた。

これで態勢が整った。

「芝居なら太鼓《たいこ》が鳴るところですな」

蔵臼錦之助が身ぶりをまじえた。

「どどん、どんどん」

暇な医者が口で太鼓を真似《まね》る。

「せやっ」

掛け声を発すると、公家隠密はうしろへ宙返りを見せた。

さらに、回る。

間髪《かんはつ》を容《い》れずに回る。

続けざまに回る。

「わあ」

「すごーい」

左近と右近が歓声をあげた。

「これは離れ業で」

孝斎が目を瞠《みは》った。

「とりゃっ」

最後にかかと落としを見せる。

さらに、敵の刃物を奪うしぐさをした。

「お見事!」

戯作者がひときわ大きな声を発した。

七

べべん、べんべん……
太棹《ふとざお》の音が調子よく響いた。
繁華な両国橋の西詰だ。
「さあさ、買ったり買ったり」
よく通る声が響く。
講釈師の八十島大膳だ。

べべん、べんべん……

また三味線が響いた。
奏《かな》でているのは、新丈だ。
「悪名高き盗賊を退治した、公家さま隠密の大活躍だよ。すべてはこのかわら版に書いてある。さあさ、買ったり買ったり！」

大膳は刷り物をひらひらと振った。

字ばかりではない。橋場仁二郎の手になる絵も入っている。

宙を舞い、悪党に蹴りを見舞っている図だ。

「おう、公家さま隠密か。おいら、前に芝居で実物を見たぜ」

「また手柄を立てたのかい」

「そりゃ凄《すげ》え」

そろいの半纏《はんてん》の大工衆が言う。

「然《しか》り。公家さま隠密、ここにあり。悪事を積み重ねし盗賊、野分の巳之助をば、皆物の見事に退治せり。その仔《し》細《さい》がここに記されておるぞよ。さあさ買ったり、皆の衆」

大膳の声がひときわ高くなった。

べべん、べんべん、べんべんべんべん……

ここぞとばかりに、新丈の太棹がうなる。

「おう、一枚くんな」

「おいらも」

「わたしにもおくれでないか」

手が次々に伸びた。

刷り物が飛ぶように売れていく。

そこにはこう記されていた。

公家さま隠密大捕り物
野分の巳之助は悪名高き盗賊なり。善人の面を巧みにかぶり、周到に膳立てを整へ、おぞましき押し込みをやらかしてはつむじのやうに去つてゆく。ゆへに野分の名がつけられたり。
先般、南新堀の池田屋へ押し込みし賊は、次なる獲物を狙つてゐをり。さほど間を置かず大きな押し込みをやらかせしのちは、数年なりを潜めるのがこの悪知恵の働く賊のやり口なり。
さて、深川に昇龍屋といふ旅籠《はたご》がありき。一見するとまともな旅籠のやうだがさにあらず、実は盗賊のねぐらにて、長逗留《ながとうりゅう》の客の大半は一味の者なりき。

野分の巳之助が次に狙ひを定めしは、京橋のさる呉服問屋なり。周到に引き込み役を入れ、新月の晩に押し込みをやらかす手筈《てはず》を整へてゐをり。さりながら、天網恢々疎《てんもうかいかいそ》にして漏らさず。この悪だくみは町方の知るところとなり、つひに捕り物が繰り広げられたり。

この捕り物にて、八面六臂《はちめんろっぴ》の大活躍を見せたのが、われらが公家さま隠密なり。諸国から集められし用心棒どもをば、ばつさばつさと斬《き》り倒す。鎖鎌《くさりがま》も敵にはあらず。

さらに瞠目《どうもく》すべきは、敵が放ちし矢をば、発止《はっし》と素手にてつかみ取りしことなり。まことにもつて公家さま隠密ならではの荒技なり。

それればかりにあらず。あらうことか、敵が放てる短銃《たんづつ》の弾をば、剣にてカンとはじき返したり。褒《ほ》むべきかな、素晴らしきかな公家さま隠密。

さしもの大盗賊、野分の巳之助の命運も尽きたり。されど、公家さま隠密の働きはそれのみにあらざりき。

盗賊が次なる狙ひの呉服問屋にて、娘が引き込み役に人質に取られてしまへり。刃物を突きつけられ、いままさに駕籠へ押しこめられやうとする娘をば、公家さま隠密がいかにして救ひしか、その血湧き肉躍る仔細は、近々、両国橋西詰が芝居小屋にて演じられる公家さま隠密じきじきの主演芝居にて明らかにならん。乞《こう》ご期待！


「終《しま》いは芝居の引札になっちまったぜ」

「なら、観《み》なきゃな」

「実物が主演だったらなおさらだ」

「おう、みなで行こうぜ」

ほうぼうで声が響いた。


さあさ、買ったり。

べべん、べんべん……。


息の合った掛け合いが続く。

かわら版は飛ぶように出て売り切れた。

八

芝居小屋に幟《のぼり》が立った。

公家さま隠密、参上

そう染め抜かれている。

呼び込みの太鼓が軽快に鳴った。

「さあさ、見逃すなかれ。江戸で人気の公家さま隠密、かわら版でおなじみ、先般の捕り物の実演芝居だ。ゆめゆめ見逃すなかれ」

口上が述べられる。

述べているのは、芝居の脚本を書いた蔵臼錦之助だ。

テンテンツクツク、テンツクテンツク……

太鼓が鳴る。

その音に誘われるように、客は次々に芝居小屋に入ってきた。

ほどなく、機は熟した。

「東西《とざい》！」

どんと一つ太鼓が鳴った。

幕が開く。

現れたのは公家隠密ではなかった。

盗賊のかしら、その手下、用心棒に扮《ふん》した三人の男だ。

「次は呉服問屋をやってやるぜ、がははは」

「そうですね、かしら」

「わしに任せろ」

いい役者は雇えないから、どれも大根だ。

そこへ笛の音《ね》が響いてきた。

吹いていたのは、主役だった。

銀色の狩衣《かりぎぬ》に金色《こんじき》の烏帽子《えぼし》。

公家さま隠密のお出ましだ。

「よっ、待ってました」

「日《ひ》の本一《もといち》」

声が飛ぶ。

「てやんでえ」

「やっちめえ」

大根役者たちが竹光《たけみつ》を抜いた。

「悪《あ》しき者どもは、まろが斬る」

公家隠密も抜く。

剣戟《けんげき》の嵐と呼ぶには悪党役の技量が乏《とぼ》しかったが、それに代わる見せ場は用意されていた。

弓だ。

「おめえの命もこれまでよ」

盗賊のかしらが弓を引き絞った。

でろでろでろでろ……

太鼓が不気味に鳴る。

「死ねっ」

矢が放たれた。

「おおっ」

声が挙がった。

飛んできた矢を、公家隠密が両手で発止とつかんだのだ。

「凄え」

「からくりじゃねえぜ」

「ほんとに矢をつかみやがった」

客は目を白黒させた。

それからしばし立ち回りが続いた。

鎖鎌も剣も、公家隠密の敵ではなかった。

「地獄で責め苦を味わえ」

最後にそう言い渡すと、公家さま隠密は盗賊のかしらを一刀で斬って捨てた。

いったん幕が下りる。

しばらく鳴り物でつないだあと、またおもむろに幕が開いた。

「下がれ、下がれっ」

娘の首筋に刃物を突きつけた大根役者が言った。

よく見ると、衣装は替えているが、死んだはずの盗賊のかしらと同じ役者だった。

「こいつの命が惜しければ、刀を捨てな」

悪党が凄《すご》む。

「ちっ」

公家隠密は舌打ちをすると、やや大仰《おおぎょう》なしぐさで刀を捨てた。

「よし、来い」

悪党が娘を駕籠に押しこめようとする。

「あーれー！」

娘役者も相当の大根だ。

そして、見せ場がきた。

公家さま隠密が烏帽子を脱いだ。

うしろへ回る。

鮮やかな宙返りを披露《ひろう》する。

さらに回る。

続けざまに回る。

そして……。

悪党の頭にかかと落としを見舞った。

むろん、芝居だ。

「うぎゃっ」

少し遅れて、悪党が悲鳴をあげた。

「慈悲でおりゃるよ」

公家隠密はそう言って、悪党に引導を渡した。

斬られた男が身もだえしながら舞台から退場する。

「ありがたく存じました」

娘役者も一礼して消えた。

「東西！」

どん、と太鼓が鳴る。

公家さま隠密が金色の烏帽子をかぶり直した。

舞台の袖《そで》から、あるものが投じ入れられた。

鞠《まり》だ。

「よっ、ほっ」

得意の蹴鞠を披露する。

鳴り物が大きくなった。

その音に合わせて、鞠が弾む。

「おおっ」

歓声があがった。

鞠の数が増えたのだ。

紅に白。

さらに、青まで加わった。

「よっ、ほっ、よっ、ほっ」

公家さま隠密の足が動く。

そのたびに、三色の鞠が悦《よろこ》ばしく宙を舞った。

「よっ、江戸一」

「いや、日の本一」

両国橋西詰の芝居小屋は喝采《かっさい》に包まれた。

第十一章　諸国悪党討伐役《とうばつやく》

一

「何か小言でなけりゃいいな」

春田同心が声をひそめて言った。

「何の小言でありゃあすか」

公家隠密の烏帽子《えぼし》が少し動いた。

首をかしげたのだ。

「芝居がまた人気ゆえ、そのあたりかもしれぬな」

先を進んでいた小園与力が振り向いて言った。

これからそろって北町奉行に謁見《えっけん》だ。どうやら何か話があるらしい。

「まあ、腹を切れとは言われねえだろう」

猪之助が言った。

「腹を切らねばならないようなことはしていないだろう、春田」

小園与力が言った。

「はい」

春田同心がうなずいた。

三人は書院で奉行の到着を待った。

ややあって、北町奉行がおもむろに姿を現した。

「こたびの捕り物、大儀であった」

奉行の言葉を聞いて、春田同心は胸をなでおろした。

小言ではなく、おほめの言葉だ。

「ここにいる冷泉為長が働いてくれました」

小園与力が手で示した。

烏帽子がまた少し動く。

「芝居になって、巷《ちまた》では大層な人気だと聞く。増上慢《ぞうじょうまん》に陥らぬようにな」

北町奉行は手綱《たづな》を締めるように言った。

「はっ。肝《きも》に銘《めい》じております」

公家隠密は殊勝《しゅしょう》に答えた。

「ところで、ご老中がじきじきに話があるということでな」

奉行は一つ座り直してから続けた。

「大儀だが、近いうちに登城してくれるか」

公家隠密の目を見て言う。

「まろだけで登城でありゃあすか」

冷泉為長はいくらかあいまいな顔つきで答えた。

「いや、ほかの者が同行してもよい。従者のごとくにな」

奉行が答えた。

「ならば、家主にして従者だな、春田」

小園与力が笑みを浮かべた。

「はっ」

春田同心は苦笑いを浮かべた。

「わたしは多忙ゆえ、代わりに行ってくれるか」

北町奉行は与力を見て言った。

「承知いたしました」

小園大八郎がていねいに頭を下げた。

かくして、段取りが決まった。

二

公家隠密、小園与力、それに、春田同心。

三人はそろって登城した。

あらかじめ伝えてあったのだが、控えの間でずいぶん待たされた。いささかしびれを切らしはじめたとき、ようやく書院へ呼び出しがあった。

「苦しゅうない。面《おもて》を上げよ」

老中の声が響いた。

一同は顔を上げた。

「悪党退治、大儀であった」

老中が満足げに言った。

「はっ」

公家隠密が頭を下げた。

狩衣《かりぎぬ》と烏帽子、いつものいでたちだ。

「町方も働きであったな」

老中が労をねぎらう。

「恐れ入ります」

小園与力が一礼した。

家主にして従者役の春田同心も続く。登城とあって、ともに紋付き袴《はかま》に威儀を正している。

「さて、これにて一件落着であろうが……」

老中はそこで座り直した。

次の言葉を待つ。

「残念ながら、この世で悪《あ》しき者どもの跳梁《ちょうりょう》は止まぬ。ことに、昨今は諸国を股にかけた悪党どもが悪事を繰り返していると聞いた」

老中はそこで茶を啜《すす》った。

春田同心はちらりと上役の小園与力の顔を見た。話の道筋がいま一つ見えなかったからだ。

「町方はその縄張りにて向後も励め」

それと察したかのように、老中が言った。

切れ者として鳴る幕閣の中枢を占める人物だ。

目に光がある。

「はっ」

「励みます」

小園与力と春田同心の声がそろった。

「さりながら、わが日《ひ》の本《もと》を見渡せば、遺憾《いかん》ながらほうぼうに綻《ほころ》びが見える」

老中は厳しい顔つきになった。

さらに続ける。

「諸国を股にかけた盗賊《とうぞく》のたぐいばかりではない。あってはならぬことだが、民を統《す》べるべき藩主や格式ある寺社などにもどうかと思われる者があまたいる」

老中はそこでまた言葉を切って茶を啜った。

「まろがそちらにも出番を？」

公家隠密が先読みをして訊《き》いた。

「そのとおりだ」

老中が湯呑みを置いた。

さらに続ける。

「正式な役職の名称はのちに決めるが、ひとたび事あらば、諸国へ出張《でば》ってもらうことになろう。平時には、いくら江戸で役者などをやっていてもよいが」

老中は渋く笑った。

「承知でおりゃる」

公家隠密が引き締まった顔つきで答えた。

「手下というわけではないが、諸国に潜入する御庭番をいずれ引き合わせよう。諸国の悪党退治のためのつなぎ役だ。力を合わせてやってくれ」

老中が言った。

「ははっ」

公家隠密は深々と頭を下げた。

三

「まあ、ほまれではありゃあすな」

冷泉為長がそう言うと、いい音を立てて蕎麦《そば》を啜った。

東西館に近い、いつもの蕎麦屋だ。

稽古《けいこ》を終えた春田猪之助と師範代の敷島大三郎もいる。

「何か奥歯に物が挟まっているような言い方だが」

猪之助も蕎麦をたぐる。

「諸国を渡り歩き、行く先々で遭遇せし悪党を退治するのなら望むところでおりやるが、どこそこへ行けと命を受けるのはいささか気ぶっせいでおりゃるよ」

公家隠密が答えた。

「なるほど」

ずずっ、と音を立てて猪之助が蕎麦を啜る。

「どこへ行けと言われるか分からぬのは大変でございますね」

師範代が気づかった。

「そのとおり」

冷泉為長がうなずいた。

「まあ、なるようになるだろう」

猪之助はそう言って次の蕎麦をたぐった。

もう残りは少ない。

「そうでありゃあすな」

公家隠密は答えた。

「おう。何ごともねえときはうちの長屋にいてくれ」

春田同心がそう言うと、残りの蕎麦を平らげた。

「教え役もありゃあすからな」

公家隠密が笑みを浮かべる。

「学びも剣術もな」

猪之助がそう言ったところで蕎麦湯の湯桶《ゆとう》が運ばれてきた。

思い思いについで呑む。

白くてどろりとした味わい深い蕎麦湯だ。

「明日からはしばらく店子《たなこ》の三人組で辻講釈《つじこうしゃく》でおりゃるよ。長屋にはおらねば」

冷泉為長が言った。

「辻講釈ですか」

敷島大三郎がたずねた。

「まろは横笛でありゃあすが」

公家隠密は身ぶりをまじえた。

「あとは八十島大膳の講釈と新丈の三味線《しゃみせん》だな。稽古はしてるのか」

家主の猪之助が訊いた。

「いや、出たとこ勝負で。まあ、やってるうちにだんだん合ってきたら重畳《ちょうじょう》でありゃあすよ」

公家隠密はそう言って、蕎麦湯をくいと呑み干した。

四

「盗賊の手下が力一杯きりきりと引き絞りしは、火矢を番《つが》えし弓なり。危うし、公家さま隠密」

八十島大膳の声が高くなった。

両国橋の西詰だ。

三人組の周りには人だかりができていた。

べべん、べんべん……

新丈の太棹《ふとざお》がうなる。

「悪党の矢は、いままさに胸を射貫かんとせり。危うし、公家さま隠密！」

講釈師が声を張りあげる。


ぴーひゃら、ぴーひゃら、ぴーぴーひゃらり……


笛が和す。

「鋭く放たれし矢をいかで避けられん。公家さま隠密が運命やいかに」

講釈師がここを先途《せんど》と語る。

「運命やいかにって、そこで笛を吹いてるぜ」

「やられてたら吹けねえや」

「死んじまってるからよ」

見物衆から声が飛んだ。

出鼻をくじかれたが、大膳は気を取り直して講釈を続けた。

「弓をきりきりと引き絞り、ひょうと放たれし火矢をば、あろうことか、公家さま隠密は発止《はっし》とつかみ取りき」

派手な身ぶりがまじる。

べべんべん、べんべんべんべん……

太棹に熱がこもってきた。

「公家さま隠密が撥《は》ね返せしは、火矢のみにあらず。短銃《たんづつ》の弾すらも、不死身の男は物の見事に弾き返せし」

大膳はここで公家隠密のほうを手で示した。

間ができる。

芝居で培《つちか》った間だ。

「当たらぬ」

狩衣をまとった男が、満を持して口を開いた。

「邪《よこしま》なる者の弾は、このまろには当たらぬ」

公家隠密が芝居がかった口調で言った。

カンッ！

乾いた音が響いた。

新丈が巧みに三味線の弦をつま弾いたのだ。

「恐るべし、公家さま隠密。火矢に続き、敵が放ちし弾丸すらも、その降魔《ごうま》の利《り》剣《けん》にて弾き返せり」

大膳は激しく手をふるわせた。

「そいつぁ凄《すげ》えや」

「さすがは公家さま隠密」

「よっ、日の本一」

見物衆から声が飛んだ。

講釈はさらに進んだ。

大口屋の娘を駕籠《かご》に押しこめようとする場面に移る。

「刃物を持てる悪党は、何の罪もなき娘をば、いままさに駕籠に押しこめようとせり。と、そのとき……」

大膳がまた公家隠密のほうを示した。

冷泉為長が烏帽子を脱いだ。

「邪なる者は、このまろが許さぬ」

決め台詞《ぜりふ》を発すると、公家隠密は宙に舞った。

「とおっ」

敵に回し蹴《げ》りを見舞う。

「とりゃっ」

さらに、うしろへとんぼを切る。

「おお、凄え」

「まるで軽業師《かるわざし》だぜ」

見物衆が目を瞠《みは》った。

「恐るべし、公家さま隠密！」

また講釈師が声を張りあげた。


べべん、べんべん……


太棹がうなる。

「ていっ！」

公家隠密が、とどめのかかと落としを披露《ひろう》した。

また歓声がわく。

「褒《ほ》むべし、公家さま隠密！」

大膳が声を張り上げた。

「悪党を打ち倒し、娘の危難を見事に救えり！」

三味線と笛の音《ね》が高らかに鳴った。

「よっ、いいぞ」

「われらが公家さま隠密」

「日の本一！」

場は喝采《かっさい》に包まれた。

五

「まろは少々飽きてきた」

冷泉為長がややあいまいな顔つきで言った。

芝居小屋の楽屋だ。

「いま少しいかがでしょうか」

蔵臼錦之助がしたたるような笑みを浮かべた。公家さま隠密の実演芝居は大当たりだ。呼び込みの実入りもある戯作者にとってみれば、なるたけ長く続けたいところだ。

「明日は公儀のほうの打ち合わせが入っておりゃあしてな」

冷泉為長はやや浮かぬ顔で言った。

「公儀の打ち合わせが」

と、戯作者。

「ことによると、何かつとめがあるやもしれぬゆえ、ひとまず今日で終《しま》いでどうでありゃあすか」

公家隠密が訊いた。

「さようですか……」

蔵臼錦之助はあごに手をやった。

「公儀のつとめとあらば、致し方ありますまい」

戯作者はやむなく引き下がった。

というわけで、公家さま隠密の実演芝居は最終日となった。

悪しき者は、まろが斬《き》る！
冷泉為長は台詞を発し、客席を見た。

おや、あれは？

公家隠密はふとまなざしを感じた。
娘が一人、両手の指を組み合わせ、舞台のほうを熱心に見ている。

てやっ！

悪党に扮《ふん》した大根役者を斬り、再び客席を見たとき、そのまなざしの持ち主がだれか気づいた。
寺尾幸だ。

これにて江戸の安寧《あんねい》は護《まも》られたり。

立ち回りを終え、決め台詞を発すると、公家隠密は客席のある一点に向かって笑みを浮かべた。

幸が笑みを返した。

六

公儀のほうの打ち合わせとは、御庭番との顔合わせだった。

つとめがあるかもしれないというのは実演芝居に飽きてきた公家隠密の方便で、今日のところは顔つなぎだけだ。

打ち合わせは北町奉行所の書院で行われた。公家隠密とその家主にして相棒の春田同心、その上役の小園与力も同席した。

御庭番の名は宗吉《そうきち》だった。ただし、本名ではないらしい。向後はこの男がつなぎ役になる。

「ご老中から、これを預かってまいりました」

宗吉がふところから文《ふみ》のごときものを取り出した。

公家隠密が受け取って開いた。

こう記されていた。

冷泉為長
右ノ者
諸国悪党討伐役ニ任ズ

その後には、畏《おそ》れ多くも上様の花押《かおう》と葵《あおい》の御紋が入っていた。

「諸国悪党討伐役か」

覗《のぞ》きこんだ小園与力が瞬《まばた》きをした。

「京から流れてきた風来坊がえれえ出世だな」

春田猪之助が忌憚《きたん》なく言う。

「そうでありゃあすな」

公家隠密も感慨深げな面持《おもも》ちだった。

「次なる悪党退治がいつどこになるかは未定なれど、どうかよろしゅうに」

宗吉が頭を下げた。

冷泉為長よりひと回りほど歳は上だが、さまざまな者に身をやつして諸国を廻る御庭番とあって、色は浅黒く精悍《せいかん》な顔つきをしている。

「微力ながら、尽力《じんりょく》する所存でおりゃる」

公家隠密の烏帽子が動いた。

「しかし、その恰好《かっこう》で諸国に潜入するわけにはいかんな、為長」

猪之助が言った。

「あからさまに目立つからな」

小園与力が笑う。

「折りたためる烏帽子もありゃあすから。この狩衣もたためばかさが減るゆえ」

公家隠密が袖《そで》を引っ張った。

「なら、悪党退治のいざというときだけ公家さま隠密の正装で」

春田同心が言った。

「そうでありゃあすな」

公家隠密が白い歯を見せた。

終章　金銀の鞠《まり》

一

「腕の鍛錬《たんれん》になります」

東西館の門人が言った。

両手で包みを提げている。中身はすべて弁当だ。

「もう少しで御殿山《ごてんやま》ゆえ」

師範代の敷島大三郎が言った。

今日は品川《しながわ》の御殿山で山稽古《やまげいこ》だ。

季《とき》は秋。

聞こえた紅葉の名所で海が見える御殿山で野稽古をするのは、東西館の毎年の習いとなっている。

「早く食いたいものだな」

春田猪之助同心が言った。

「まずは稽古してからでおりゃるよ」

冷泉為長もいる。

矍鑠《かくしゃく》とはしているが、道場主の志水玄斎は高齢ゆえ加わってはいない。

師範代の敷島大三郎以下、おもだった門人たちが参加する野稽古だ。

弁当は見知り越しの料理屋に頼んだ。

折にふれて呑み食いに使っている見世《みせ》で、料理の筋はなかなかのものだ。ことに巻き寿司などを彩りよくつくってくれる。弁当づくりもお手の物だ。

「見えてきた。あそこだ」

敷島大三郎が行く手を示した。

「もう少しだ」

と、猪之助。

「紅や黄の紅葉《もみじ》が見えます」

紺《こん》の作務衣《さむえ》に身を包んだ男が言った。

「ほう。まろにもそこまでは見えぬでありゃあすよ」

公家隠密が驚いたように言った。

「目と耳と脚が頼りですので」

初めて稽古に加わる者が言った。

それは、御庭番の宗吉だった。

二

「とりゃっ！」

春田同心がひき肌竹刀《はだしない》を打ちこんだ。

「せやっ」

師範代がかわす。

御殿山の坂道だ。

上手《かみて》から打ちこみ、体をかわされると、今度は下手《しもて》に立たされる。

そこからまた体勢を立て直さねばならないから、いい稽古になる。

「次は相手を替えて稽古だ」

敷島大三郎が言った。

「はっ」

「いざ」

門人たちの小気味いい声が響く。

「坂で転ぶな」

師範代が言う。

「足を痛められたら困るからな」

猪之助も和す。

「はっ」

「良き鍛錬になります」

門人たちが言った。

平らな道場の床と違って、しっかりと踏ん張らねばならない。

全身を使う鍛錬だ。

「よし」

敷島大三郎が右手を挙げた。

「終《しま》いに、あの松が植わっている丘まで全力で駆けるぞ」

師範代が目印を示した。

「それが終われば弁当だ」

猪之助が笑みを浮かべた。

「はっ」

「もうひと気張りで」

門人たちが口々に言った。

まず弁当の包みと大徳利を丘の頂へ運ぶ。痛めているところがあって駆けられない者を見張りに残し、あとは二人一組になって駆け比べだ。

「ほうびは出ぬが、気張って走れ。まずは一の組から」

師範代が言った。

二人の若い門人が位置に着く。

「始めっ」

敷島大三郎の声を合図に、駆け比べが始まった。

三

一方、公家隠密と御庭番は違う場所にいた。

人目につかない裏山だ。

その立ち木に向かって、先ほどから稽古を繰り返していた。

「そう」

宗吉が声を発した。

「次は半回転でおりゃる」

公家隠密がそう言って、腕を鋭く動かした。

的になる木に向かって、あるものがまっすぐ飛ぶ。

手裏剣《しゅりけん》だ。

「お見事」

宗吉がうなずいた。

御庭番が伝授したのは、手裏剣の打ち方だった。

手裏剣は投げるものではない。

打つ。

ひじをたたみ、そこから上の動きだけで鋭く打ち出して的に当てる。

その極意を宗吉は伝授した。

手裏剣にはさまざまな種類がある。

鉤《かぎ》がついたものや、星形のものなどはよく回転するが、ふところに入れるとむやみにかさばってしまう。

御庭番が用いるのは棒状の手裏剣だ。

先がとがっているから、これでも充分に敵を斃《たお》すことができる。

ただし、平たい形より持ち方と打ち方は難しい。習得するには長い時がかかるとされているが、さすが公家隠密は呑みこみが早かった。

「終いに、一回転」

そう言うなり、公家隠密はまた腕を振り下ろした。

手裏剣が真一文字に飛んでいく。


ガッ……

乾いた音を立て、手裏剣は的に突き刺さった。

「もはや名人で」

宗吉が言った。

「これならば……」

冷泉為長は手裏剣を握ったまま宙返りをした。

着地するなり、勢いよく打つ。

手裏剣はまた的の木に深々と突き刺さった。

四

「稽古のあとの弁当はことのほかうまいな」

春田同心が笑みを浮かべた。

「向こうに海が見えて、ながめも良いので」

「むろん、紅葉も」

「坂の上り下りがきつかったので、ほっとします」

門人たちの箸《はし》が動いた。

公家隠密と宗吉も加わり、みなで弁当に舌鼓《したつづみ》を打ちだしたところだ。

「瓢型《ひさごがた》の玉子焼きが良き出来でおりゃるな」

公家隠密が箸でつまんだ。

「椎茸《しいたけ》の煮つけもほどよい味で」

宗吉も言う。

大徳利が廻った。

冷泉為長はいくらでも呑める。呑んでも顔に出ず、動きが鈍くなることもない。やはりどこか常人離れしている。

宗吉は一滴も呑まない。

御庭番は目と耳が武器だ。それがいささかでも翳《かげ》らぬように、あえて呑まぬようにしていた。

「この景色は宝だな」

春田猪之助がそう言って、公家隠密に酒をついだ。

「わが日《ひ》の本《もと》は、美しき景色の宝庫でおりゃるよ」

冷泉為長が湯呑みの酒を呑む。

「その宝庫を護《まも》るために、なおいっそう気張らねばのう」

公家隠密が新たな御役に就《つ》いたことを踏まえて、春田同心が言った。

「まろの留守の際は、江戸を頼むでおりゃるよ」

公家隠密が笑みを浮かべた。

「心得た」

猪之助が笑みを返した。

「では、そろそろこのあたりで何か余興を」

師範代が水を向けた。

「為長さまは何でもおできになるので」

「眼福《がんぷく》になるものを一つ」

「一つと言わず、三つ四つ五つ」

門人たちが調子よく言う。

「ならば……」

公家隠密は悠然《ゆうぜん》と立ち上がった。

「まずは支度を」

公家の血を引く男はそう言って、ふところからあるものを取り出した。

「鞠か」

猪之助がうなずく。
気を吹きこんで膨《ふく》らませる。
金と銀。
美しい二色の鞠が立ちどころにできあがった。
機は熟した。
最後に、公家隠密はもう一つのものを取り出した。
それは、横笛だった。

五

ひゃらり、ひゃらりー……
横笛の音《ね》が御殿山に響いた。
心が洗われるような調べだ。
続いて、公家隠密は祝詞《のりと》を唱えた。

一二三四五六七八九十《ひとふたみよいつむゆななやここのたり》……

『天之数歌《あめのかずうた》』だ。

この世が平らかであるようにと、願いをこめて唱える。

百千萬《ももちよろづ》

ふるへゆらゆらとふるへ……

長く尾を曳《ひ》く祝詞が終わった。

笛の響きが変わった。

心弾む調子だ。

金銀の鞠は、春田同心が手にしていた。

「そろそろいいか？」

公家隠密に訊《き》く。

ひゃらりー……

冷泉為長は笛の音で答えた。
以心伝心で伝わる。
「それっ」
まず銀の鞠が投じ入れられた。
横笛を奏《かな》でながら、公家隠密は足で鞠を受け取った。
そのまま蹴《け》る。
巧みに蹴る。
「もう一丁」
今度は金の鞠が投じ入れられた。
これも受ける。
地に落とすことなく、ひざで受けて蹴る。

ぴっ、ぴっ、ぴっ、ぴっ……

笛に合わせて鞠が躍る。

金銀の鞠が悦《よろこ》ばしく躍る。

「これは眼福」

師範代が言った。

「来てよかったです」

「素晴らしい余興で」

門人たちも大喜びだ。

「さすがだな、為長」

猪之助が笑顔で言った。


ぴー、ぴぴっ！


最後に力強く笛を吹くと、公家隠密は二つの鞠を天高く蹴り上げた。

さわやかな秋の空へ、金銀の鞠が舞い上がる。

色づいた紅葉、御恩《ごおん》の光が差す海……。

美しい景色を背景に鞠が落ちる前に、公家隠密は宙返りを見せた。

「とおっ！」

平らではない斜面に着地すると、公家隠密は金銀の鞠を正しく胸で受け止めた。
そして、会心の笑みを浮かべた。

〔主要参考文献〕

『復元・江戸情報地図』（朝日新聞社）
西山松之助編『江戸町人の研究　第三巻』（吉川弘文館）
井之口有一・堀井令以知『御所ことば』（雄山閣）
御影舎古川陽明『古神道祝詞　ＣＤブック』（太玄社）

コスミック・時代文庫

公《く》家《げ》さま隠密《おんみつ》 冷泉《れいぜい》為長《ためなが》
まろが斬る！

2024年11月25日　初版発行

【著 者】
倉阪《くらさか》鬼《き》一郎《いちろう》

【発行者】
松岡太朗

【発 行】
株式会社コスミック出版
〒154-0002 東京都世田谷区下馬 6-15-4
代表　TEL.03(5432)7081
営業　TEL.03(5432)7084
　　　FAX.03(5432)7088
編集　TEL.03(5432)7086
　　　FAX.03(5432)7090

【ホームページ】
https://www.cosmicpub.com/

【振替口座】
00110-8-611382

【印刷／製本】
中央精版印刷株式会社

ISBN978-4-7747-6606-5 C0193